女、ベスト18ホール

黒澤敏

文芸社

目次

この作品は架空の物語であり、登場する人物および組織は現存する、または過去に実在した人物および組織と一切無関係です。

Out第1ホール　課外授業

「ねぇ、恥ずかしい？　明かり消そうか……？」十一歳年上の島田朋子は呼吸を荒げ、眼を輝かせてまだあどけなさの残る年男の脇に寄り添って、学生服の金ボタンをはずしにかかる。年男は薄っぺらな粗末な布団に仰向かされて、眼をカッと見開いたまんま放心状態に陥っている。外科医の手術台に縛り付けられたように緊張のあまり身動き一つできないのだ。無理からぬ話ではあった。今まさに手術にかかろうとしている女医は中三の年男の担任だし、ことのほか厳しい自分の母親よりもキツい、町内でも評判のオナゴ先生なのだ。

徳島県の寒村、高原中学三年、この年のクラスメート三六人のうち高校に進学するのは年男ただ一人。今朝早くバスで二時間かけて松島高校受験のために担任の朋子先生に引率されてやってきた。無事受験は終わったものの前日からの豪雨で県道の橋が流されて足止めを食い、二人は急遽この旅館で一夜を過ごすことになったのだが、市内は受験関係者でごった返しどの宿も満杯で部屋が取れず、期せずして師弟が相部屋という羽目になったのである。

朋子先生は京都の女子大を出てから雑誌社勤務を二年。ここで十歳年上の所帯持ちの男と恋に落ちて騙され、半ばヤケ気味で故郷に舞い戻り、教職に就いたらしい。そして二年前徳島市の西城中学からこの山村に赴任してきたのだが、噂ではその中学の体育教師と結婚したものの度重なる相手の浮気に愛想を尽かし、わずか一年あまりで離婚。その後もこの前夫が執拗につきまとうのを嫌い、逃げるようにしてこの山里にやってきたという。

小さめの丸顔に黒眼がち。すましているとキリッとして勝ち気に見えるが、笑うと右頬に小さなエクボが現れて、幼さが漂う。髪型は当時では珍しいショートカット。小じんまりして見えるのに胸が異常とも思えるほど膨らんでいて、体操の時間など男子生徒はもとより同僚の男先生までがぶるんぶるんと揺れる彼女の胸元に釘付けになってしまう。しゃれた着こなしや垢抜けた化粧が田舎町では評判で、こんな朋子先生は若い娘たちの憧れでもあった。

朋子が立ち上がって、パチンとスイッチを切ると一瞬闇が襲った。ふたたび年男の左脇にひざまずいてはずし残したボタンに指をかけ、器用な手つきで一気にはずし、その手は滑るようにズボンのベルトに降りていく。障子越しの薄明かりの中で眼をしっかり閉じ、布団の端をイヤというほど力を込めて掴んでいる年男の顔をいたずらっぽく窺いながらチャックに手を掛ける。そこには極端に盛り上がった硬いモノがあり、邪魔になって一気には引き下げられない。期待通りの怒張に触れて朋子はゴクンと生唾を呑むのだった。こうして大好きな男のモノに触れるのは三年ぶり。それも女誰一人触れたことのない青い幹。朋子の興奮は尋常ではなかった。それでも十七歳のとき同級生に半ば犯されるように初体験をしてから、家庭持ちの男と結婚した相手、それぞれ交わった回数は合わせて三〇〇回くらい。セックスそのものもいいが、そこに持ち込んでいく興奮……めくるめくプロセスを味わう余裕があった。初体験で気が狂わんばかりに身を硬くしている少年を前に、猫が獲りたてのネズミを弄ぶ非情に似かよっている、と言えなくもない。

「トシ君、恐い？　それとも……続けて欲しい？　課外授業にもいろいろあるけど、植物採集してるよりはこっちの方がいいでしょう？……」

この機に及んでわかり切ったたわいごとでからかいながら、猿股を引き下げ、爪先から一気に抜いた。ブルーンと勢い余った青竹が腹部に跳ねる。失禁なのか先走りなのか……

ズルッとしたおびただしい粘液が袋の部分まで濡らし、浮き出た静脈を伝って流れ落ちる。朋子は、ウワッ……とか、ス・ッ・ゴ・イッ……とか連発しながら、二度三度と上下になぞってから、年男の頭越しに食台からおしぼりを取り、亀頭をやさしく掴み上げながら股間をぬぐった。

「スッゴいわぁ……。ねぇ、トシ君、いつごろからこうなったの？」

といいながら、きれいに包皮を脱いだ亀頭に口を寄せる。

即座に吐くことを予測しておしぼりを準備したのに、青竹は一向にその気配がない。朋子はなおも吸い上げ、舌を這わせる。年男も戸惑っていた。先端といわず下半身全体が麻酔にかかったようにしびれて、今何をされているのかもわからないのだ。手淫のあの感覚どころではないに違いないと想像していただけに、あまりにも意外であった。朋子はもはや我慢の限界にきていた。一刻も早くこの怒張を自分の花泉で呑み込みたい。

朋子は身を起こしてカーディガンを脱ぎ捨て、もどかしそうに白いブラウスのボタンをはずす。今度は立ち上がってタイトスカートをずり落とし、背に手を回してチチバンドに手を掛けた。パチッと音がして、ぶるーん……と勢いよく巨大なバストが空を切って揺れる。かまわず爪先からズロースを抜き取って丸め、ブラウスの下に隠してから、年男の上に股がってきた。突んがった右の乳首が口にあてがわれ、左手を引っ張ってもう一方の乳房へ。揉んで！　という指示である。「ウッフン……ア、ハーン……」、悶え苦しみながら腰を引き、隙間をつくって年男の右手を自身の股間へといざなう。開かれたまんまの年男の手にビショビショになった熱い肉片を密着させ、せわしく腰をすりつける。

「ウォーッ！　ガハッ！」――またたく間に強烈な快感が脳天を襲った……。このところ身についている自慰癖でこの部位の感度がさらに助長されたせいか、この一発で打ちのめされ、すぐさま本番には移れない。

相手の眼が閉じ、攻撃が止まると年男に少し余裕が生まれた。身動きしないのをいいことに夢にまで見た憧れの乳房を掴んで、小さな乳首にむしゃぶりついた。片方の膨らみだけでも両手に余る。何ともいえぬ形と弾力……キレイ！　思わず豊かな谷間に顔をうずめた。そうするうち、先生の右手に握られた自分のモノのシビレが解け、凄い快感に変わっていく。……射精の予感が脳天にきた。感じ取った先生が指を解いて身をよじる。

「人差し指立ててみて……。そう、そこ。そこがトシ君のコレ、入れるところ……」

とささやいて、食いしばっている年男の口にヌメった舌を強引に差し込んできた。年男のコブシをしっぽり濡らすくらいの粘液が……熱い。

年男に限界がきた。両手を先生の背に回し爪を立てる。先生がタイミングを計ったように69の姿勢をとり、大きく上下している年男の根元を掴んで口に含んだ。ウ、ウゥゥ！若竹が割れんばかりにハジけ、すさまじい量の精液が先生の喉奥深くほとばしった……。先生はゴクッと音を立てて呑み込んで、さらに湧き立つ残り水までも吸い取ろうとして離さない。

期待通りの素晴らしい交わりであったが、それでも朋子には一つの誤算があった。最初の口技で年男は果てるものと信じていた。そうしたら、そのあと持久力を増した年男を自分の中に導いて、思いっきり若い樹液を呑み干すつもりでいた。ところが自分が先に、まるで小娘のように他愛なく果ててしまったのだ。このままでは帰さない！……朋子の火はまだ身体の奥深いところでくすぶり続けていた。

朋子先生は大きな胸を両手で抱く格好で眼を閉じて心地よさそうにまどろんでいる。一方、年男は天地がひっくり返るような体験に出会って、まだ心の整理ができないでいた。

朋子先生は中二のときから英語の受け持ちで、クラス一の成績だった年男は選抜されて特訓を受け、英語弁論大会の県代表として出場するため、今回と同じように引率されてこの松島市へきたことがあった。またその年の学芸会でも朋子先生の演出で県内初の英語劇「シンデレラ」を上演し、年男が主役の王子を演じて好評を得た。この二つの斬新な行事で英語教師としての島田朋子の株は大いに上がり、新聞の社会面でも賞賛された。その折、「トシ君、よう頑張ってくれたわネ！」と廊下の片隅で抱きすくめられ、気恥ずかしい思いをしたものだった。

その当時はただ単に厳しい先生というだけで、揺れる胸もさして目には止まることはなかった。それが今、目前にこうして無防備でいる。そして同級生……いや、町内の誰一人として触れたことがないはずの秘部に自分だけが触れたんだ……やろうと思えばまだまだ隠された秘密の場所までまさぐれる……突然、年男に淫らな欲情が襲いかかった。

そぉーと先生の下手に回って腿を開きにかかる。年男にはどうしても確認したい部位があった。さきほど指を入れたところだ。頭の中では……それに友達同士の間ではポッカリと穴が空いているものと想像していた。ところがどうもそうではないらしいのだ。じっと眼を凝らしてみるがはっきり見えない。

さらに力を入れて脚を割ろうとしたとき、先生が眼をさました。年男がまさにやろうとしていることをいち早く察したらしい。

「トシ君、お風呂へ行ってらっしゃい。そいでネ、帰りにしぼった熱いタオル、お願いネ」

と言いながら、乱れた布団を取りつくろいにかかる。年男は言われた通りに風呂場に向かった。湯船につかって自身を掴んでみる。何だか大仕事を済ませたようで一段と偉大に見える。そしてまだ未練気でもあった。

部屋に戻ると裸のまんまの先生が電灯をつけた。

「さぁトシ君、タオルでみーんな拭いて、キレイにしてちょうだい……」

と言って仰向けの体位をとる。年男は眼がくらみそうになるのをこらえ、言われる通りに先生に近づいてまず顔を拭いた。直ちに胸、そして下半身にいきたいが勇気がない。マゴマゴしていると先生が手を引いていざない、大股を張った。意を決して下から上へとタオルを動かす。いつまでもそれをやっていると先生が手で制し、明かりに向かって膝を立てた。

「いいこと……今日っきりネ。よぅく見るのよ。こうやると、ホラ、よく見えるでしょ？好きにしていいのよ……」

見る見るうちにピンクの溝からミルクのような液体がしたたった。……と、先生が憑かれたように見入る年男の頭を抱え込みざま、その湿地に押さえ込む。ムギュッというような圧迫音を発して年男の鼻が陰芽に突き当たる。夢中で顔を左右に振ると、先生はぐぐんだ悶え声で何かを口走り、年男の両脇を掴んでズリ上げざまに一物を自分の泉にあてがった。

ものの二、三回大腰を使うと、まず年男が果てた……が、これは朋子の予期したこと。仕上げはこれからなのだ。体を離そうとするのを制して、括約筋を断続的に締め、口を吸ううちに、ものの見事に男が復元した。すかさず身体を入れ換え、上に股がると大腰小腰……と揺さぶった。「センセ、イクよ！　トシ、わかるぅ!!」。続けて三回……一息入れてまた数回、ついに朋子は思惑通り童貞狩りに成功した。それも過去三〇〇回で味わったことのないほどの刺激であった。

十五歳で劇的な筆下ろしをした年男はその春高校に入学した。それは未知の世界への旅立ちでもあり、五八九人斬りへの出発点でもあった。

Out第2ホール　裸の踊り子

「お兄さん……やさしくしてネ。ワタシの夢、こわさないで……」

徳島市藍屋町の旅館の一室。十六歳になったばかりの駆け出しのストリッパー、桜サユリが、組み敷いている年男にあどけない表情を浮かべて哀願している。

「サユリちゃん、やめようか……。イヤなんやろ?」

小悪魔みたいに可愛いこのサユリに魅せられて七回も同じ舞台に通った年男だが、いざこうして念願かなって憧れの女を前にすると、「ヤリたい!」本能と「そっとこのまま」にしておいてやりたい気持ちが交錯して、これ以上前に進めないでいた。この劇団が投宿しているホテル、偕楽園の門限が刻一刻と近づいていた。夜中の十二時までに帰らねば座長である姉や規律に厳格なマネージャーからこっぴどく叱られるに違いない。それに、この劇団は明朝早く高知公演に発つのだという。サユリも気になるのか、さきほどから心の中では苦しいほど動転しながらもしきりに壁際の柱時計を窺っている。

燃えるような緋色の絨毯に仰向けになったサユリが意を決したように自ら若草色のワンピースを脱ぎ捨てにかかる。可愛いレースの縁取りのブラジャーをはずして、両手でその小ぶりの固い乳房を覆う。舞台では妖しいピンクのライトの中で馴れた手つきで、さも得意気に観衆にさらすサユリだが、今は違った。好きな男の前では勝手が違うのだ。

年男は誘われるようにポロシャツのボタンをはずし、素早くズボンも脱ぎ捨てた。両肘で体重を支えながらサユリの漆黒の長い髪を優しく撫で上げ、化粧気のないおチョボ口に指を当てると、何を思ったかサユリはそれをくわえ赤ん坊のようにチュッ、チュッと音を立てて懸命に吸った。片方の手を伸ばして白い布きれに這わせると指先が触れるか触れないかでギュッと腿を閉めた。……もう一度ゴムのあたりに指をかけたら、今度は観念したように腰を浮かせた。

スルッーと布きれを引き下げると、真っ白の丘に小筆でいたずら描きしたような恥毛が現れ、その一端に淡い褐色の亀裂がひとすじ……。中指にやや角度を持たせてなぞると、実に柔らかいスジ目が息づいている。指をもう一本足して左右に割ると、蒸留水のようなサラサラした淫水が溢れるのだった。

「あ、ァ、ァ……」サユリはイヤ、イヤしながら、かたわらのブラジャーで顔を覆った。年男は体をずらして足元に正座した。抵抗を予測して少し強めに両脚を掴んで割り、高く持ち上げざまに子供子供しい性器にむしゃぶりつく。

「イヤッ、だめっ！　やめてッ……」両肢をばたつかせるが、絶対！　というにはほど遠い抵抗であった。

不思議だ……と年男は思う。風呂で清めたわけでもなく、処理したとも思えないのに――それにこれだけの淫汁を湧き立たせているのに全くといっていいほど臭わないのだ。実に処女というのは太古の文献に記されているように、神の使いなのかもしれない。

ズルッ、ブチュッ……淫音を発して十六歳の股間がわななく。年男は舌をとがらせ秘門に差し入れてみるが、サユリの反応は変わらない。続けて中指をあてがい、おそるおそる第一関節まで差し込むと、今度はバネ仕掛けのように股間を締めて腰を引く。そこには小さな壁があり、ゴムのように跳ね返してきた。

「痛い？　これ以上ダメ……かなァ……」と聞くと、サユリはブラジャーの端から幼い口だけ覗かせて――

「ううん、いいの。兄ちゃんなら何されても……。でも……手ではいやッ！　トシちゃんので……」と言って、また顔を覆った。

年男は十五歳の春、担任の先生島田朋子に筆下ろしをしてもらってから四年が過ぎていた。高校を出てから高知大学に入学したものの国立のわずかな授業料が払えず、一年あまりで退学を余儀なくされた。どんなに苦学を強いられても卒業すればそれなりの世界が開けるからと周囲に相当いさめられたが、食うや食わずでこんな苦労をするのなら一刻も早く社会に出て金儲けをする方がマシだ、と逃げるように高知を後にしたのだった。もともと人口五〇〇人足らずの山村の猫の額みたいな五反百姓の六人兄姉の末っ子として生を受け、生まれたときには父親はすでに支那事変に出征して戦死。病身な母親と十七歳の長兄に頼る暮らしは、それは酷いものだった。物心ついたころから一人の働き手として畑仕事やごくわずかな収入しか得られない副業の手伝いに追い回されて、もはやこのころから一般的な子供の無邪気さは消え失せていた。

高知大学を中退すると、帰りたくもないそんな田舎にひとまず落ち着かざるを得なかった。そのうち周囲に勧められて村役場の職員採用試験に応募した。採用枠一名、受験資格は二十歳以下の高校卒業以上というものだった。この村に該当者はただの二人。年男と一歳年上で園芸高校を卒業した幼友達がテストに臨んだ。

テストといってても年男にとってはいともやさしい問題ばかりで、答案は制限時間を半分も残してでき上がったが、一方の友達には相当難解だったらしく最後まで首をひねり鉛筆を転がして苦しんでいた。

ところが採用されたのはこの友人の方だった。一カ月が過ぎたころ、テストの結果は年男は三〇〇点満点の二九〇点、友人はわずか一四〇点であった、と同じ役場に勤める同級生の父親から聞かされた。年男が村を捨てる覚悟を決めたのはこのときである。

徳島市に出ると真っ先に恩師の島田朋子を訪ねた。三年前に再婚して市内に転居していた。大構えの旧家の表札には山口とあった。朋子は少し面映ゆそうに年男を見上げ、「元気？　大きくなったわネ」と言った。

以前より少しやせて見えたが、自慢の胸の隆起は健在で理知的な色香も失せてはいない。夫が政党の県連本部の事務局長をしているとのことで、そこにしばらく腰を落ち着けたら、と勧めてくれた。就職難の時節であっただけに年男は涙が出るほど嬉しかった。

こうして年男は念願の記念すべき天職を得たのである。県会議員や代議士、いわゆる著名なセンセイ方が毎日のように引きも切らず出入りし、後に日本の政界をリードする大物政治家を目の当たりにして最初のうちは恐れをなしたが、お茶汲みにタバコ、コーヒーの世話、掃除、片付け……コマネズミみたいに立ち働くうちに「ボクちゃん」「トシオ」としきりに声がかかって可愛がられるようになった。月給に相当する額のお小遣いまでもらえることもしばしばであった。そのうちに陳情書の整理や議会での一般質問の清書など重要な仕事を任されるようになり、字句の校正能力や文章力を高く評価され、演説の草稿まで命じられるまでになった。

何の不満もなかったが、男臭い職場で女気がないのが玉にキズだった。このころの年男の欲求不満のハケ口はもっぱら近くのストリップ小屋、ＳＹ松竹で色とりどりの若い女の裸を観賞することだった。当時は「ご開帳」もなく、まして本番などもってのほか。ただ単に衣装をイヤというほど時間をかけて脱いだ後チラッと陰毛を見せる程度のものだった。一座の公演はたいてい一週間だが、年男は好みの一座が来ると毎日のように通った。中でもお気に入りは「桜姉妹ショー」。座長桜ルルのオナニーショーが圧巻で、花魁ショーの花形君太夫の「きゅうりのイレポン」も捨て難い出し物だった。

……が、年男がのめり込んだ踊り子は開幕一番に出演する座長の妹、桜サユリただ一人だった。表情が硬くて踊りもギコチない。馴れない高いヒールを床に引っかけ、衣装の裾を踏んづけては失笑を買う。半ば泣きべそをかいて、それでも律儀に舞台を務めるサユリ。小便臭い小娘……とヤジが飛んでも、年男には無垢な天使そのものに映った。住む世界を間違えたこの天使見たさに通うこと、ついに連続一週間に及んだ。

この日公演の合間にかかる映画を後部席で見ていると、「お兄ィちゃん……」と若い女が呼んだ。まさか自分のこととは思わないから取り合わないでいると、女が前列に回り込んで間近から年男の顔を窺ってきた。なんと、それは憧れの踊り子サユリであった。

「ハーイ、これ、ご褒美よッ」と言って、まだ温かい名物の焼き餅の包みを差し出した。「アリガト。今日で皆勤ネ。ネエさんがお礼言ってきなさいって……。それから、これもネエさんが言ったのよ。お話ししてみてイイ人だったらデートしてもらいなさいって。ワタシじゃなくって、ネエさんが……」

そう言って眼を伏せた。十時には舞台がハネるから裏出口で待ってて！　と言い残して楽屋に駆け込んでいった。呆気にとられながらも年男独特のイヤらしい妄想が始まる。だが、まさかあれだけの女が田舎もんのこのオレに……。

こうして夢にまで見た天使とのデートがかない、今が盛りとばかり咲き誇る眉山の桜並木を二人は歩いた。年男は凄い興奮で地に足がつかない。サユリははしゃいで嬉しがった。

やがて小さな看板の旅館にさしかかるとサユリはピタッと足を止め、ことさら早口で言うのだった。

「ネエさんが優しい人だったらネ、サユリさえよかったら……ネ。〇〇……だって」

姉が言うには遅かれ早かれ初体験はするんだし、なまじスタッフや興行師の手にかかるのなら好感の持てる行きずりの男の方が後くされがなくていい、演技が硬く、一向に女らしさが出ないのは男を知らないから、それで観客の気持ちが掴めないのだ、と暗に「女になっておいで」とさとされたのだという。

年端のいかぬ少女が行きずりの男に自分から仕掛けて、こうして体を開いている。年男にとっては一八人目の交わりだったが、抵抗しないだけに良心が痛んだ。それでも……これほど好きなら神に責められようと言い訳はできる！　覚悟を決めた。

サユリの固くてまん丸い尻を左手で抱くやびしょびしょに濡れた幼い割れ目にさらに唾をたっぷり塗りたくった亀頭をあてがって米粒ほどのクリトリスをこすり上げ、反応を窺ってみる。サユリは眼を見開いて「ウワァ……あァァ！」と小さくうめいて一瞬力が抜けた。

意を決してまだ幼い内陰唇を押し広げ、弛んでいる乾いた唇に舌を差し込みざま大腰を放つ。グッ、グリッ……とくぐんだ鈍い音が二度三度。亀頭に強い締めつけがきて、もうひと腰使うと壁に突き当たった。ざくっ、ざくっ、とサユリの全血液がここに集まって、初めての異物におののいているみたいだった。なおも小腰を使うと、サユリは眉間にシワを浮かべ、年男の胸を手でついて抗う。どうしても頭一つが収めきれない。両手の平で桃尻を掴んで鋭く差すと「グワッ……！」とサユリがほえた。

　狭くて控え目な幼い少女の……それはまさに「聖器」であった。

　今度は年男の筒が爆裂した。――ズシッと自分の上で静止した「兄ぃちゃん」に何が起こったのかサユリにもわかった。「愛してくれたんだ！」、それが痛いほどわかって思わず涙があふれる。

　口をとがらせてキスを求め、年男の舌を吸いながら「この次はきっとうまくやれるから……ネッ、誰ともしないでネ」と茶目っ気たっぷりに腰を突き上げるのだった。

　長いながーい儀式は終わった。脱ぎ捨てたままになっているポロシャツでサユリを拭くと、淫水と混ざり合った聖血がうっすらとにじんだ。それをサユリにかざすと「イヤッ、もう！　ネエちゃんに言っちゃおうーと」と言い、頬を膨らませた。

　七日かけて見定めた以上に、始めから終わりまで可愛くて、かなうことなら一生でも抱いていたい天使であった。

Out第3ホール　入れて回せば……

政党の県連本部は男の職場であった。仕事を除けば女のことしか頭にない、というより絶えず女のことしか考えていない男白川年男にとってそれは唯一の不満だった。ビルの地下にある小さな喫茶店の二十五歳の女給を手ごめにして当面の処理をしていたが、わずか十カ月で結婚すると言って女はやめてしまった。歩いて数分のところに青線はあったものの、わざわざ金を払って使い古しに手を出す気にはならない。

年男という男——売春婦以外の女ならば好みはさしてないという男であった。顔がダメなら体、体がもう一つなら立ち居振る舞い、それもピンとこなけりゃ心根……と、あくまで自分の感性をくすぐるところを探し出し、それを増幅させて欠点と相殺することで己の性欲を高めるのである。つまるところ、スカートをはいてさえいればおしなべて好みの女性だ、というふうだった。

代議士の妻平井千代がよく事務所にやってきた。自らも県会議員を三期務める名うてのヤリ手議員である。代表質問の原稿や議事のコピーなどを年男に頼み、気前よく小遣いを渡した。時折、当時では珍しいクライスラーの外車の運転をさせて県の議場や知事のところへ出かけることもあった。二人きりになると、「若いもんはええなあ……」と言うのが口癖で、顔を合わすと「トシ、ええ女できたか?」というのが挨拶代わりだった。

上智大学を出た才女だったが、代議士の亭主や議員を鼻にかけない、ざっくばらんなおばさんだった。

県議会議員選挙が近づいて事務所はあわただしい日が続き、残業することも多くなった。そんな日の午後、事務局長から細工町の料亭福本楼へ平井千代を迎えに行くように年男は指示を受けた。確か電話では「それじゃ、私が……。はあ? 年男がよろしゅうございますか。それじゃ……」というやりとりがあった。着くと議員の宴会があったはずなのに、それらしい人影が見当たらない。

「平川センセは?」女中に聞くと「ハイかしこまりました」と先に立って階段を上がっていく。

「少しお酒を召し上がり過ぎたようで……よろしくお願いします」という。またか! 彼女の酒豪と酒癖の悪さには定評があった。

　この料亭でも上客しか通さない奥まった庭園脇の四畳半に千代はいた。襖を開けるなり、酒気が鼻をつく。千代はといえば、ゴザの枕を抱く格好でうつ伏せになって小股を張りいびきをかいていた。

「お迎えに参りました」――声をかけると足を引いて着物の裾をつくろいながら起き上がった。髪を両手で押さえ襟元を引き合わす。

「ご苦労さん。突っ立ってないで、まあお座り」座布団を引き寄せて勧めた。

「ウン。今夜はここに泊まって、トシ君に面倒見てもらうとしよう。それともばあさんじゃ退屈か？」と独り言のように言う。年男は「いいですよ。おふくろと思って孝行させていただきます」、そう言わざるを得なかった。

「そう、話は決まった。お風呂をいただくとしよう」すでに予定していたかのような段取りである。

　ちょっと待てよ、千代は確か面倒を、と言ったな。それは足をもめとか、腰をさすれ、さてはフトンを敷いて欲しいという類だ、と思って気軽に返事をしたが、まさか下の方じゃないだろうな？　千代は五十二歳。二十一歳の自分とは……すごい歳の差だ。

しばらくすると、こっちにおいでと風呂場から千代が呼ぶ。「どうかされましたか！」駆け寄り、開き戸の前に立つと——。

「お母さんの背中流してちょうだい」ときた。仕方なく背広の上着を取り、ワイシャツの袖をまくりながら足を踏み入れると、湯煙の中から裸になれ、と命令してきた。エーイ、ままよ！　年男は腹をくくって着衣をかなぐり捨てた。

いつの間に消したのか、真っ暗闇にそれでも石鹸に混じって女体が臭う。千代が手を差しのべて湯船に導く。背中を向けて座らせ、たっぷりの石鹸をなすする。背中や手足はキツ目、前腹部は羽毛の毛先で撫でるように……年の功だ。心地いい。

ひと通り洗い終わると今度は立たせて、股の付け根に手が伸びた。恥毛を撫で洗うと指は袋に下がる。左手でいとも柔らかに揉んでおいて、慎重に玉を避けながら、両手の指をうまく使って左右に引っ張り軽く爪を立てる。……すごくイイ感じ！

エラが張った大ぶりの年男が天を向く。「いいわネ、若いって！」。ゴクン……千代は喉を鳴らして何度も唾を呑んだ。月経もとっくに上がり、こうして男に接するのは足かけ十五年ぶり。女盛りの時分でも政治活動で忙しい亭主はほとんどかまってはくれず、千代のセックス白書は空白だらけ。この太さにこの硬さ！　それに二握りに余るこの長さ！　瞬時にして千代は眠っていた「女」を取り戻した。パクッ、ズルッ、とすぐにでも呑み込みたいが、悲しいかな昔風の女にはその勇気がない。

「……トシくん、あっしを女にしてネ！」と哀願するように、二度三度包皮を引き伸ばしては引き下げて剥いている。年男はこれまで二五人の女にしてきたのと同じように身体をまさぐりにかかる。五十二歳？　もはや関係なかった。対面して太っぽい首を引き寄せ乳房へ……。もはや形は崩れて低いが、ふだんの着物姿からは想像できないほどデカい。三段腹の肉をなぞって驚くほど薄い恥毛を撫でる。二本の指先を折ると、突起が固い。もう少し下げたら飴湯が流れ出て、湯水に逃げていく。もしこれが水中でなかったらどうだろう。そこらの若い女には真似のできない情液だった。

「ウ、ウ……ン、そこよッ！」千代はさっそく腰を使う。参ったな！――この女。生理も上がってまるで中性化してしまったあのおばさんが、みずみずしい小娘に変わってくる。そういえば、あの聞き馴れた男言葉もいつの間にかツヤっぽい女口調になっている。

二本の指をさらに差し入れようとすると、「お布団の方が……いい」とくぐもった鼻声で言う。どちらからともなく布団を引き出しにかかる。羽根のように軽い絹地の上布団を敷いている年男を制して、千代はふっくら厚い敷き布団を引き出し、シーツを張ってシワを伸ばす。この歳、この身分でソソウを見られたくない女のたしなみであり、千代の理性でもあった。ここでも千代は明かりを嫌った。せっかく大きくして昂っている若い情人に醜い姿を見せるにはしのびない……年増のせめてもの配慮であろう。

　太って小山のようにセリ上がった千代に寄り添い、口を吸おうとすると、恥じらって手で遮った。引っ込みがつかず、左右に垂れた大ぶりな乳を両手で寄せ交互に吸い上げると、千代の手が年男の根元にからんできた。年男もたっぷり溢れて今にも泣き出しそうな飢えた淵に挿入した人差し指を曲げて膣口をまさぐる。中ほどの天井にひとつまみほどの泡粒が触れ、ザラザラこすると「あっ、は……ん」と恥骨を突き上げる。遠い昔誰かに仕込まれてアクメを知ったツボが今なおそれを忘れずに息づいているのだ。

「トシ……もうダメッ！　……これで突いてッ!!」物凄い力で大の男の体を自分の上に引き上げようとする。

　入れても年男は意地悪く下方や左右をこすってことさら泡粒を避けるが、あまりの淫汁で滑り出る。かたわらのシーツをはいで吸い取ると、なお噴き出す底なし沼に差して今度は泡粒を突きながらもはや錯乱状態の千代に意地悪くささやきかけた。

「ここ、どおぉ……？」千代は顔をくしゃくしゃにして、首の骨が折れんばかりに振ってうなずく。

十回もこすると、うおっ！　ヒィッ……。年も議員バッジもどこへやら、仁王の形相で激しくイッた……。

戦い終わって足元から言うに言えない廃液臭がただよった。その臭いをかぎながら、年男は遠い昔の母親を思い出した。

四歳くらいまで三十三歳の女盛りの母親に奥まった寝室で添い寝してもらい、末っ子の特権を甘受していたころのことである。三日に一度くらい夜半にそっと障子が開けられ、煙草臭い男が忍び込んでくるようになった。二人は押し殺したように嬌声を上げ、ややあって布団ずれの音がせわしくなると、チュッ、ズルッ……と粘膜のからみ合う音を立て始める。それからというもの、堰を切ったごとくドッタン、バッタン畳を蹴り床を揺らして、まるでお互いが掛け合いをするように雄叫びを延々と続ける。壁土を練るようなドロドロした粘着音が足元から伝わり、エもいわれぬ体臭が狭い四畳半いっぱいに充満するのだ。

これが何なのか、二人が何をしているのか……夜な夜な聞かされっぱなしだった年男がそれを理解するまでにそう時間はかからなかった。

第二次世界大戦たけなわだったこのころ、この村に限らずどの町村とも五体満足な十八歳から三十五歳までの男たちは兵役にかり出され、十軒のうち八軒までが出征していたり、不幸にも戦争未亡人となった家庭になっていた。そんな中で米軍が襲撃してきた非常時に備えて、村の婦女子に竹槍の教練をさせる目的で二十人に一人の割合で在郷軍人が残された。彼らはなるほど竹槍の訓練に精は出したが、長きにわたって男っ気から遠のいて欲情にさいなまれている数多の人妻たちに追い回され、抜き身のヤリが乾くいとまもないほどであった。

男盛りの三十代とはいえ、彼らが相手する女は一人当たり二十人を数えた。昼といわず夜といわず求められれば時と場所を問わなかった。一晩に三軒以上はしごして帰り着いたら白々と夜が明けることもしばしば。それでも男というもの、相手が変わればまるで底なし沼みたいに精気が湧き上がり、続けざまに五体の相手をよがり泣かすくらいは朝飯前……という具合であった。それに相手は等しく触れなば散らん飢えた女体で、ものの数分で達してしまう。だからわざわざ夜這いをせずとも人目を避け、手頃な雑木に背をもたせ、簡単に済ませることもしばしばだった。

かように女のいないところへ逃げ出したくもなる境遇の中で、それでもなお毎日でも通って抱きたい相手というものがあるらしい。それらに共通しているのは若いとか、身体がきれいというのではなかった。それはまさしく「抱き心地」にあった。すんなりと男の体に馴染んで、どんな体位をとっても隙間がなく、常に結合部分が密着して粘りつく……というふうな類である。

年男の母親の相手もこうした在郷軍人の一人だった。ヤル相手には事欠かない中で三日に一度の割で通ってくるには相応の魅力があったに相違ない。ときおり激しいピストンを止め、マッチを擦って部位を照らしては「うーん」とか「スゴイぞっ……」などと感極まっているのは、おそらくあまりの心地よさに激しい締めつけの現場を確かめているのだろう。そして一回の交わりの途中、少ないときでも二回以上淫汁をぬぐうところをみれば母親のアクメもまたその深さが並大抵でないことが容易にうかがえた。

このころの母親は三十半ばですでに六人の子供を産んでいた。またこの千代は、子供を産んでいないものの性的にはとっくに峠を越したウバ桜だが、世の女というもの、性に対する執着と貪欲さは永遠だ。そして何より奇怪なのは女性自身の性能である。良く濡れて、良く締まり、秘肉が熱くて敏感なのだ。そしてどんなにすさんだ男勝りでもいったん好きな相手と床に入れば、ただただ純朴で可愛い女になりきれる。いわゆる中性の五十二歳……平井千代も抱いて可愛いそんな純情な女であった。

Out第4ホール　屋台そば豆狸

「裕次郎のファンだって？　今テアトル日活でかかってるから一緒に見に行こうか？」

屋台の片隅で二杯目のラーメンをすすりながら年男が女をくどいている。相手は屋台で親父の手伝いをしている二十五歳の出戻り娘川田恵子。この娘、ブン屋（新聞記者の俗称）仲間の評判では「超」がつくほどのイイ女であった。

小柄の中肉で、インド系の女性を連想させる神秘な眼をのぞけばさして取り柄のない地味なこの女のどこがどうイイのか、外見だけではわからない。年男も最初は半信半疑でいたが、社の先輩の体験話を直接聞いてどうあっても落としたいと思うようになったのだ。

当時の芸能界は、太陽族と騒がれて銀幕にデビューして六年目の大スター石原裕次郎の全盛で、街には慎太郎刈りや細身のパンツをまねて得意がる若者が目立った。年男もそうした一人であったし、恵子も大の裕次郎ファンであることは調べがついていた。

隣でチャーシューを切っている親父がうさん臭そうにジロジロ管理しているからか、恵子は「ふうーん、そう」と鼻であしらってのってこない。よーし、作戦を練り直して出直しだ。親父に勘定を払うかたわらで「待ってました！」と二人の男がクドきにかかる。かなり競争率が高そうである。

恵子と寝たという編集部の先輩北島次郎は自分でも卑下するほどの粗チンであった。一緒に銭湯に行くことも多く、見るともなしに窺うと哀れなほどに小ぶりで、しかも包茎なのである。その彼があるときスキもので有名なパーマ屋の後家さんに誘われてヤッたら、所要時間の半分ははずれて入れ直す作業に費やしたものだから、ヒステリーを起こして叩き出された……と真顔で訴えたことがある。その彼が毎日のように通いつめた末に恵子を落とし、旅館に連れ込んだらしい。

やはり正常位であったが、こちらはパーマ屋の後家とは大違い。包茎の皮の上からガッチリ締めまくり、にっちもさっちも動かなかったという。そして得体の知れない突起が断続的にうごめいてピストン運動をしないうちに放出完了。さらに二、三日首の締めあとが痛んだ、と興奮丸出しで話してくれた。うぅーん、そうか！　あの引っ掛かりのない粗チンの包茎をくわえて離さない……となると相当の逸品に違いない。

十六歳から五十二歳までの五〇人を超える女体と対戦してきたが、太ったの、ヤセたの、上つきに下つき、そんな差はあっても、タコとスッポンがタッグを組んだようなそんなモノには出会えなかった。話半分にしても珍宝である。年男の女体探求心をあおるに十分な相手であった。

チャンスは向こうからやってきた。取材を終えて社に帰ると玄関脇に恵子がいた。回収した丼鉢を収めた出前用の木箱を両手に持ち、降りしきる雨に傘をさせずに戸惑っていた。年男が一つ持ってやり、相合い傘の格好で店に向かうことになった。「映画のこと、どうかな?」と蒸し返すと、朝は十時から夜は十二時まで店があり、年中無休で時間がない、と言う。それじゃ、十二時過ぎてスナックで飲むのはどうか?　と提案すると喜んでOKしてくれた。

その夜一時近く仲町橋のほとりに恵子は現れた。人通りもなく、十一月の冷たい風がワシントン椰子の梢を吹き抜ける。恵子は当時はやりの黒っぽいパンタロンに黄色のとっくりセーターで身を包み、ざっくりした半コートを引っかけ、よほど急いだのだろう、足元は突っかけサンダルという出で立ちだった。それでも濃い目の化粧をして、椿の花をくわえたように唇が紅い。こうして近くで見るとイヤ味のない熟れた女の魅力に溢れている。歩き出すと実にスマートに腕をからめた。何年も付き合った恋人同士のようなしぐさである。そして言うのだった。

「あなたのこと、よく知ってるのよ、あたし。大北靖子って女の子、覚えているでしょ？　あたしの親友なの。阿波バスの車庫のバスの中でイイことしたんだってネ？　彼女、言ってたわよ。今は結婚したけど、あなたのことが忘れられないんだって。女の喜び……っちゅうの？　アレ教えてくれた恩人だって……」とクスクス笑う。

そういえば二年ほど前までバス車掌の靖子を、一日の営業を終わって車庫入れしたバスの後部座席に押し倒して夜な夜なよがり泣きさせたのを生々しく思い出す。味を覚え立てのころ「イクッ、と言え」と教えたら、「どこへ行くん……？」とポカーンとしていた。それがものの半年もしないうちに馬乗りになり、ああして、こうして……と注文をつけては猛り狂うようになった。

年男は、よーし、旅館に直行だ、と腹をくくった。この調子ならわざわざスナックまで行ってムード作りをするこたぁない。寄りつきの宿の玄関に足を踏み入れても恵子は思惑通り当然のように従った。肩を抱いて案内された階段を上る時分には、この女の神秘的なモノが頭をかすめ早くも股間が怒張する。十五歳の折、筆下ろしに臨んだときの興奮を凌いでいた。畳の部屋にはすでに布団が延べてあり、枕元にはステンドグラス模様の水差し、その隣にはチリ紙が置かれている。

恵子は自分のコートを脱ぎ、年男の背広の上着も脱がせてハンガーに掛けると、風呂場へと消えた。洗い終わるとバスタオルを巻いた格好でドアに寄りかかり、どろーんとした眼をして年男を見つめ、クスッと微笑みかける。風呂に向かおうとする年男を制して抱きつき、唇を求める。唾液を鳴らして長い舌を差し込み、背伸びすると花柄のバスタオルがハラリと床に落ちた。

大きな乳輪に小粒な乳首……形のいいバストが男の胸で喘いでいる。布団まで行く余裕はなく、足元の畳の上に押し倒して乳を揉み、舐めまくると、恵子はせわしげに年男のスポーツシャツのボタンを引きちぎり、ズボンのバックルをはずしにかかる。猿股の上からでもはっきりわかる、これから始まる狂気の舞台の主役に触れて、恵子は持って生まれた淫乱の本性を現した。下腹部に差し入れようとする手を遮り、クルッと体を入れ替えると上に乗り、大股を張って相手の顔に情汁まみれの陰部をかぶせ、貪るように期待通りのポールをしごいて食らいつく……。

片方の手は勃起に引きずられて縮んだ袋に、もう一方は根元に巻き付けて、しばし味わうように顔を上下する。そのうち感極まったように物凄い速さでしゃぶりまくった。年男は年男で、タコ！　キンチャク！……と遠い意識の下で反復しながら、大きく開いた陰門に食らいついて離さない。普通なら舌先をすぼめて突くと容易にへこむ箇所があるのに、ここにはそれがない。よーし、これだ！　瞬間、頭がくら、くらっときた。年男は腰を突き上げて次をねだるが、恵子は未練気にナメて吸って弄ぶ。イキそうになるのをこらえ、やっとのことで正常位の体勢が取れた。見れば恵子は白眼をむいてスキものの典型である三白眼の形相を呈し、自ら小腰を使い出した。こりゃあスゴイ女だ！　年男はぐっしょり濡れた濃い恥毛をかき上げておいて自慢の頭をあてがい、腰を入れる……。おおッ、滑る！　ブチュッとのめり込むあの感触はどうした？　突いても押しても入らない……。たまりかねた恵子が年男の頭部を握り、秘口を押し広げるようにして促した。

ブリッ、というような鈍い音がして亀頭は埋まったが首筋が痛い。やったッ……これだ！

年男は胸の奥で狂喜する。しばらくじーっとして感激にひたっていると、感極まった恵子が差し込んでッ！　とばかりに体ごと突き上げた。

その途端、小っちゃなサイズのサックを無理くりかぶせるようにきしんで、根元まで埋まった。……おおッ、スゴイ!!　年男の方が思わずこれまでのたいていの女が口にした感嘆詞を繰り返す。しかし、スゴイ……のはこれからであった。

手淫のとき自由自在に指の腹で締めるように——否、そんなごつごつした感触じゃない。まるで蜂蜜にひたした真綿でしごいて揉むような快感が延々と持続する。「うァッ……で、出そうだ！」つわ者の年男がわめく。このままイカれてはたまらない……恵子が茶ウスの体位をとって狂ったように輪を描き、上下に腰を振って、まず最初の絶頂。普通ならここで一拍おいて次に備えるのだが、恵子は違った。続けざまにイキまくる。「ウオッ、がおっ！」と腹の筋肉を波立たせてとどまらない。それなのに終始膣壁はきつく、ついに年男の茎に痛みが走り出した。やがて……恵子の体が大きく傾き、断末魔の喘ぎを残して突っ伏した。年男もヒクッ、ヒクッとケイレンする子宮口にブチまけた……。

年男はなおも名器見たさにマグロのようにひっくり返った股を広げにかかる。激しい交わりで真っ赤になった秘口は……やはり五ミリくらいの筋目だけ。一体どうしてこんな性器があるのだろう……？　もう二度と巡り合うことはないモノであろう。その思いを込めて、外内陰唇ともキリッと締まった魔物に口づけるのだった。

このころ年男は二十五歳で二年近く勤めた政党の県連本部を辞し、新聞社に転職していた。県連は代議士や県議のたまり場であり、朝日、毎日、読売、産経や地元新聞記者たちのたまり場でもあった。彼らはセンセイ方と将棋や碁を打ちながら政界の裏面や政権の駆け引きを探ったり、逆に情報を提供して恩を売ったりもした。そんな中に記者仲間から一目置かれている大物が出入りしていた。徳島の地元紙の編集局長榊丑之介である。この人物は、東京の新聞社にいたころ、ふとしたことから大物政治家にまつわる汚職をかぎ回して社主の逆鱗に触れて左遷され、嫌気がさして地方に流れてきたという経歴を持つ。ある日大仁田幹事長と碁を打ちながら、「おいトシ、お前ブン屋はどうだ。やる気はないか？」と聞いた。当時の年男は臨時扱いの身分だったから、苦労人らしくここらで正職に就かせてやりたい恩情もあったが、それよりも年男の明快でしゃれた文章力に眼をつけていたのだ。

山口事務局長も大賛成してくれて一週間後に七〇人を超す応募者から書類選考で残った一二人とともに受験に臨んだ。テスト自体は簡単明瞭だったが、難解であった。いわゆる5W1H――いつ・どこで・誰が・何を・どうした――の三行記事四五文字を二〇倍の九〇〇文字の新聞記事にするというものであった。年男のそれはたいていの受験者が小説風であるのに対して真実だけを明快に読者に伝えることが鉄則とされる新聞記事に最も近い、と評価されて二人の採用枠の難関を突破した。

当時からブン屋は「ペンの暴力」と恐れられ、ヤクザも避けて通るほどの威力を持っていた。白塗りのバイクと腕章だけでどんな場所にでも大手を振って出入りできたし、乗り物も映画も、あらゆるものが顔パスだった。

そんな年男に一つ恐いものがあった。女性の妊娠である。恵子との秘め事から二カ月が過ぎようとしていたころ、生理がない、と告げられたのだ。自分との後にも恵子の行状の噂は聞いており、もしかして……？　とも思ったが、年男は責任逃れのできない律儀な一面があり、さっそく顔の利く産婦人科で処置をとった。

厳しい親父に悟られぬよう麻酔が切れるのを待って例の旅館に部屋を取り、最高級のメロンを勧めながら看病するうち、恵子は年男の両手を握って言った。

「ごめんネ……本当はあなたのではなかったのよ。女にはそれがわかるの。なのに、こんなに優しくしていただいて、靖子も言ってたけど、あなたはここも、それにここも最高の男よ……」と、年男の胸と股間を人差し指で押した。

実に不見識なことではあるが、痛々しい手術後の女の腰を抱きながら、年男の健棒はまた充血するのであった。

Ｏｕｔ第５ホール　土佐沖のメス鯨

「あぁッ、出ちゃうよーん！　何もかも……」

　恥ずかしいわ、はしたないったら、ありゃしない。私は年男さんの膝の上に乗っかって、夢中で腰を使ってしまったのです。友達にも恥ずかしくて聞けないのだけれど、私の場合、アノとき……潮噴くって言うのかナ？　すっごく出ちゃうの。みんなそうなのかなぁ？

　自分でそれに気づいたのは高校二年生の終わりころでした。桂浜へ写生に行ったとき、竜馬の銅像の裏で美術の先生にイタズラされたんです。そのときはすっごく嫌だったんだけどおうちに帰って一人になると、性に目覚めたって言うの？　ついつい胸を揉んじゃって……。そんでもってクリちゃんにもつい指が……。最初のうちはただコソばゆいだけ。でも、そのうちだんだん濡れてきてズル、ズルッて滑り出すと、なんか、こう、頭がぼーっとしてきたの。でもこんなイヤらしいことしてたら大学受験も駄目になるような気がして、このときはこれでおしまい。

その次、といっても一カ月もあとの春休み。お母さんに言いつけられて裏山へワラビを採りに行ったの。いっぱい採って帰り道、おトイレに行きたくなって、脇道のお地蔵さんの陰にしゃがんで用を足しているとネ。

「してッ！　もっとしてッ！」って、おばさんの押し殺した声が聞こえるの。それに、イッ、イイよッ、ってオウムみたいに何回も何回も言ってるの。そぉっと声のする方に近づくと、お堂のホコラの塀の隙間から、雪みたいに真っ白いのと黒いの、四本の肢が小刻みに揺れてるのネ。経験はないけど、すぐわかったわ。ヤッてるって。二人からは見えないけど、私からは丸見え。そしたらネ、そのおばさんったら、うちの隣の隣の未亡人のヨシさんなの。それで、男の人は……参ったナ……うちのお父さん！　お父さんたら、こんなところで油――いいえ、アレ、売っちゃって！

見るのよそうと思ったけど、やめられないネ、こんな場合……。立ってるおばさんの腿から白ーいお水がいっぱい、ダラダラ流れているの。グチュッ、ブチュッって変な音がして……。お父さんが入れてるところは柱の陰になっててよく見えないのだけど、二人ともスッゴく気持ちよさそう……。本当のこと言うとね。このとき自分も同じことヤリたいって強烈に思った。はしたないことだけど、相手は誰でもいいとさえ思ったわ。私にもして！

お願い……。まだお小水の後始末もしてないところに指がいって、思わずクリちゃん、こすってた。お堂全体がガタガタ揺れて、おばさんが在所まで聞こえそうな大声上げて、出るぅッ！　出るよッ！　って。よしッ、イクぞ！　って、お父さん。つられて私もピューって、スゴい量のお水が……。

気づかれないように急いで木陰に隠れて後始末してびっくり！　小っちゃなパンティもGパンもびっしょびしょ。……でもヨシおばさんも言ってたもの、「出るッ」って。

こんな凄い体験した私だけど、男の人とヨシおばさんみたいなことするのはずぅーと勇気がなくって、というか、おうちが三〇軒しかない高知県のはずれ――小豊町の田舎だから若い人はみんな都会に出ちゃってチャンスなかった。それに男の人とお付き合いしてるとキズもんって言われて、いいところにはお嫁に行けないみたい。

高校を卒業した年、運よく河川局の小豊支所に就職が決まったんだけど、この町に大きなダムを造るって話が始まってから賛成だ、反対だって部落はもう大騒ぎ。川下の徳島県にも関係あるらしくって、マスコミの人達が大勢こられて急に賑やかになりました。

先週のことだけど、この問題を特集するんだって徳島の新聞社の人が二人来たの。北島次郎さんっていう三十歳くらいのヤセて顔が青白い人。秀才タイプっていうのかしら。それと、もう一人は白川年男っていう人で、一七〇センチくらいの優しそうなハンサム。二人は町に一軒しかない小っちゃな旅館に泊まっていてね、毎日部落の人のおうちを回って話を聞いたり、工事事務所に行ったり、忙しかったみたい……。でもたまに私たちの支所にも来て、世間話したり、二局しか映らない白黒テレビを見ていたの。だから私、名産のスイカを出しておもてなししたんです。そうしたら、日曜日に下手の川で「食い川」をするといって――これ、鮎狩りしてその場で料理するんですけど、私を誘ってくれたんです。

川の水はまだ冷たくって、潜りに来ている人は二人だけ。北島さんは寒い、寒いって言いながら、三匹くらいとったんだけど、川苔にすべって膝小僧をケガしてしまって、先に車で帰ってしまったんです。それで年男さんと二人っきりになっちゃって……。

私はナニか起こりそうな予感がして胸がドキドキ。うん、うん、もしかしてヨシおばさんがやってたようなコト？　していただけるのかなぁって。

ねえ、女の子って不思議なのよ。好きな男の人に出会うと、あの……ナニ？　バージンっていうの？　それがどうなるってことなんてまるで頭にないの。好かれたい……、愛されたい……ただそのことだけ考えるものなの。それにネ。私って、ほら、興奮するとお小水みたいのたくさん出しちゃうから、ちゃんとしたお布団の上ではしてもらえない、というか、初めての人には見られたくない、っていうヒケ目があるのネ。だから、この水の中でヤッてもらえば年男さんにもバレないと思うの。……なのに、年男さん、缶ビールなんか飲んでなかなか素振りを見せてくれないんで、私、着込んできた水着になって川の瀬に入っちゃった。そうしたら年男さんったら、私の胸とか太股とかまぶしそうに見てるの。私、体に自信あるから、わざと踵を上げたり、モデルみたいにお尻ふっちゃった……。

こんなとき女の子はすっごくいい気分なの。わざと色っぽく、色っぽく、振る舞っちゃうのネ。うまくできないかもしれないけど、気を引こうっていう下心が、正直いってありました。

わざと深い淵の方へ入っていくと「おーい、そっちは危ないぞ！　オイッ」って大声出して飛び込んできたわ。かまわず進んでいると後ろから羽がい締め。私、とっさに口から水をはいて溺れるフリしてやったら、年男さんは腰を抱いて引き戻そうと必死なの。

でも嘘だとわかると動きが止まって「このーッ」って背中のジッパーはずされちゃった。そうしたら自分でいうのもナンだけど、ものすっごく形のいいお乳がポロンとはじけて、水面に浮かんじゃって……。年男さん、後ろからワシ掴みにして揺さぶるの。それからスルスルッとワンピースの水着下ろされて、今度はおヘソの下でアレがわかめみたいにユーラユラ。

アァ！　ついにきちゃった。年男さんの手が腰の方から私のワ・レ・メに……。うわッ、スゴイ！　ちがうの、全然ちがうのよ。あッという間に快感が……。自分でするときはしばらくかかるんだけど、もうダメっ！

はっきりどうだっていえないけど、身体が引きつる感じ？　そんなのが一つ終わると、ちょっと一拍おいてまた次が欲しくなる。年男さん、私の手を取って、これ握ってさすれって。スベスベした腕……そう思ったの。でも、左手はオッパイ、右手は……。あれッ？これってもしかして年男さんのアレ!?　おっきい！　もう、イヤッ、こんなのはダメッ！だって、自分の指一本だって無理なのに、これ差されちゃったら絶対こわれる自信あるもん。でも、そんなのお構いなしに年男さんったら、前に回ってきて私を抱き上げて浅瀬の方に行くの。こんなブッといの、入れるつもりだわ。ヨシおばさんみたいにヤッてみたい期待もちょっとあるけど、……やはりお断りしなきゃ。

浅瀬に着くと年男さんが砂地にあぐらをかいて私を乗せた。今までやったことないほど大股張らされてアソコがパックリ。自分で想像しただけでも、あぁ……いやらしい……。来た、来たのッ！　男の人のアレが！

内陰唇ごと、ブリッて裂けちゃった！　イヤァーだ、まだ来る！　ぐぐっ、て……。痛いよーッ、壊れちゃう！

年男さんたら、何もいってくれない。ウッ、ウッ、って息荒立てて一生懸命抜き差しするの。そして「まだ痛む？」だって。しらじらしいったら……。少しして年男さんが大きいのを抜いて、水中に潜って私のあそこナメナメしてくれたの。それで、近くの平らな石に寝かされて、本格的に、念入りに、優しく舐めてくれた。うれしかったわ！　愛されてるって痛いほど感じたの。でもって、もう一度、正常位っていうやつかなぁ、そっーと差されちゃった。口のところ、ちょっと痛かったけど、今度は大丈夫。ゆっくり、ゆっくりいたわるようにヤってくれたので気持ちイイ。

だんだん角度かえて、下からおヘソに向かって突かれて……あれッ、変な感じ……どうしよう？　出そう！　ダメッ、出る！　……夢中で年男さん抱えて水中へ。思いっきり出しちゃった。私の性感帯、真ん中あたりの天井みたい。

こんなことあってから、私、年男さんのことしか頭になくって、その後も天井突いてもらいたいから誘ったけど、チャンスがなかった。だから事務所で一人になると、あのときのこと思い浮かべてさすったりして慰めてた。かわいそうでしょ、こんな私……。

男の人って、処女はヤリたいけど一回切りだけだって聞いたことあるけど、どうしてかなあ？　もともと結婚するつもりのない相手なのに、迫られるのがうるさいのかなぁ……。私だって、迫りかねないほどのめり込んでるものネ。でも今の心境はただシテ欲しいだけ。だって三日にもなるのに、まだあそこにブッとい年男さんがつっかえてるみたいにジンジンするのよ。

寂しくって泣きたい気分でお勤めから帰ったら、まさか！　年男さんがお父さんたちとお話ししてて――。

仕事の方が一段落したので、あさって徳島に帰るっておっしゃるの。最初っからわかっていたことだけど、ショック……。でもよかった！

「娘さんにはたいへんお世話になりました。あす最後に高知市内へ行くのでお連れしたいんだけど、お許しいただけますか？」って両親にお願いしてくださったの。そうしたらお父さんたら、娘をどう思ってるのかって聞いてるの。年男さん、お返事に困られて……。私、年男さんにそんな負担おかけするつもりない。そうだ、ここは奥の手を使うしかない。でないと、このまんまこの人とお別れになっちゃう……。

「お父さん、この前の日曜日、私、裏山のお地蔵さんのところで」って言い出したら、「うん、行っておいで！」だって——。

お送りするついでに近くの大杉神社へお連れしました。ここの杉の木は背丈も太さも全国一で、あのひばりさんにもゆかりがあるとか。九歳のころ、高知県に巡業に来られたとき、バスが転落して下敷きになって、かわいそうに大けが。お母さんと三カ月もここの病院に入院されてたのよ。まだ美空和枝っていう芸名だったころだけど。今も記念碑があるわ。

次の日、高知市内での私は人生最高の日でした。お昼からホテルに入って夜の十時までずーっと一緒。うッふふ……シた回数？……六回半！　あのネ、言っちゃおうか。一番最初のときネ、念のためビニールの風呂敷二枚持ってったから、年男さんがお風呂入ってる間に、そーっと敷いたの。年男さんがいっぱい突いてくれたんで、もうビュッ、ビュッてスッゴイのネ。そしたら年男さんたら感激してくださって……。電気、あかあかつけてネ、上体起こして硬くて長ーいのでなおも突いてくれて「おォッ、飛んだ、飛んだッ！」って、お口で受けて下さったのよ。そいでね、お小水じゃない、万人に一人しかいない潮吹きだって……。もう六回目にはビニールの風呂敷なんてどこへやら、部屋中が私のお潮でベッタベタ。

年男さん、お元気ですか？　あれだけ飛んだお潮も、あなた以外の方だとだめなんです。お願い！　今すぐいらっしゃって……そしてツ・イ・テ……お願い！

Ｏｕｔ第６ホール　職場の華

「そう、そいで……初めてヤッたのはいつ、どこで？」

当時では最も斬新な高層ビル、建設会館のレストラン。年頃の男どもが三人寄れば話題に上るほどの女、二十一歳の上島美子を、速記用のメモ帳片手に年男が取材している。六カ月前から連載を開始した四面の五段の囲み記事を年男は担当していた。県内の職場の若い美人にインタビューして紹介するというこの企画は社の人気欄である。「公器」と威張っている新聞社も所詮は営利事業だから打算が働くのは仕方のないことで、取材して掲載すれば後から広告部員がＰＲ広告をネダりにいく、という寸法であった。

だからこの企画もたいていは広告業務部の圧力で、大金が取れる会社が標的になった。そしていわゆる「ちょうちん記事」といわれるおべんちゃらの筆回しが要求された。

当時国立大学と名が付けば、今でいう東京、関西六大学など比較にならないほどの難関であったが、この美子は徳島大学を上位で出た才媛で、極端に気位の高い女である。それを相手に年男があえて若い女が最も軽蔑する嫌らしい質問をぶつけるのは、尋常ではエグれない人間性を引き出す作戦として使うブン屋特有の手法である。女はヤルための相手。だからまず体を観察してから善し悪しを分析、続けてその場面のしぐさ、最後に別れ際の難易度を推測する……これが年男の女性対応哲学？　である。きわめて辛辣で女性の敵みたいではあるが、結婚をエサにだらだらとしつこくつきまとう男に比べれば単純で、これまで一〇〇人を超える女との別れは何のわだかまりもなく、後に再会してもお互い笑顔で接しられる、というふうであった。並外れた上玉ではあるが、所詮美子もその範疇だとタカをくくっての取材である。

「ねぇ、それとこれ、どんな関係があるんですか！　こんな取材、お断りよッ！」可愛い口をとがらせて美子が席を蹴る。高慢でいて直情型。落とし甲斐のある対手である。

「じゃあ、話題を換えて、と……。美子さんは高校生のころ、二年間ずーっとひまをみては養護施設で子供たちの面倒をみてたんだってね。で、知事から表彰された……。遊び盛りに人並み外れた博愛心がないと真似のできない善行ですよね」

立ち上がった美子があわてて席に着いた。

「記者さんって、そんな昔のことまで嗅ぎ出して記事にするのね。いいわ、何でもお答えいたしますから……」

と、今度は神妙になった。美子は海沿いのその養護施設に自転車で通っていて、夜の帰り道に暴漢に襲われていたずらされたことがある。捕らえられた犯人がその施設の指導主任だったものだから大事件となり、当時の新聞ダネになったのを取材に当たった年男は明確に覚えている。ブン屋というのは因果な商売ではある。年男にしてみれば美子を怒らせて今日の締切までに間に合わねば引責問題になりかねない。恐喝にも似た奥の手を使ってでもモノにせねば、という事情もあった。取材を進めるうち美子もうち解けて世間一般の可愛い女に変貌した。というよりこれがこの女の正味なのであろう。強がっても女は女。聡明とはいえ、若さは隠せない。くだけた話にものってきた。

「ねェ、恥をしのんでお伺いしたいんだけど、あのこと……。そう、私の過去をご存じで、今の私、どう思われます……?」

と聞いた。勇気のいる質問である。美子にしてみれば絶対に忘れがたい深い傷ではあるが、異性はそれをどういうふうに感じるのか、どうしても知りたいことであった。年男の方がどぎまぎさせられる内容である。

そのこと自体はどうということじゃない。問題はあなたの心の中にある。人は多かれ少なかれ出会いがしらの事故に遭う。それと同じだ、と流せるかどうか。この町は狭すぎる。毅然とすること……これは忠告だ。

といったニュアンスが年男の答えであった。美子はまばたきも忘れて聞き入っていたが、ややあってもう少し教えていただきたいことがあるので、仕事を離れて会ってもらえないかと申し出があり、年男は快諾した。カメラマンが美子の職場である受付で写真を撮ってこの日の取材を終えた。


徳島は阿波踊りの郷である。県内は毎年八月中旬から三日間阿呆踊り一色となる。昔は街のどこでも町内会や職場の愛好者が連というグループを組んで自分たちの踊りを楽しんだものだが、近年はメイン通りに桟敷を設けて入場料を取るように変わってから、盆踊り本来の素朴さを失った。それでも阿波の名物として期間中は内外の見物客でごった返した。

この日年男と上島美子は市内紺場町の桟敷にいた。浴衣姿に草履をはいた美子は次から次へと踊り込んでくる有名連に嬌声を上げ拍手を送って大はしゃぎしている。あの職場の受付でお高く止まってすましている美子からはとうてい想像しにくいほどの子供っぽさであった。

一時間もすると美子は急に静かになり、「二人でお話しできるところはないかしら……？」としんみり言う。相当思いつめている様子だった。二人は桟敷を降りたものの街は溢れんばかりの人の波。人生相談を受けるにそぐわしい場所など見当たらない。結局美子の提案で彼女の職場でコネのある郊外のホテルへ向かうことになった。

このホテルも家族連れや観光客でごった返し、ロビーも一階のレストランも客で溢れていた。美子はカウンターに行き、部屋はどうかと聞いているが、満室だという。が、知り合いらしい支配人が出てきて、建設協会長や県会議員が使う応接室でよかったら向こうのテニスコート脇にあるから自由に使ってください、と言ってくれた。年男はビールを一本、美子はオレンジジュースを注文してこのＶＩＰ用の応接室に向かった。部屋に入ると美子はいきなり窓のカーテンを両手で勢いよく開けた。すると向かいのレストランから丸見えになった。自分が密室に誘ったのではない……というプライドの一端が見え隠れして美子らしい。

二人きりになっても美子は本題を切り出そうとしない。

「美子さんはキレイだから女として得することも多いだろうな？」ビールを抜いて話を誘う。

「人って見かけではわからないものよ。白川さんだって私のこと変な目で見てるんでしょう？　実はネ……」ジュースに口をつけておき、こんな会話が始まった。

美子　去年のことだけど、生まれて初めて好きな人ができたの。お付き合いを始めて半年くらいしたころ誘われて駅前の同伴喫茶に行ったのネ。真っ暗のボックス席に座るといきなり抱きしめられて、体、触られた。そうしたら……ゾォッとしちゃって。虫酸が走ってそのまんま飛び出してしまったの。それからも二度ほどこんなことがあったけど、やっぱりダメ。そしたらネ、彼、私のこと異常だって責め通したわ。好きなのよ、とっても、彼のことが。なのに……

年男　異常かって聞かれりゃぁ、異常だナ。男はいつも女のことを考えてる。露骨にいえばヤリたいってね。女だって男ほどじゃないにしてもたいして変わらない。特に排卵日には男が欲しくなるもんなんだ。つまりはほかの動物と同じように子供を産みたい本能から来てるってわけだ。そりゃあ快感を味わいたい欲望の方が強いがナ……。

美子　ウァー、強烈！　排卵日か……。今、私それなんだけど、ナニも欲しくない。やっぱり異常なんだ……。

年男　ちょっと待てよ。あなたの前にいる男は好きでも何でもないヤツだろ？　オレのいうのは、男は愛がなくても相手かまわずそれなりに魅力を見つけてヤレる。女は愛とか、好きとか、性格がいいとか、気が許せんと体は開けないってことだよ。いいもんだぞ、何回ヤッても、何人としても……。たとえばその浴衣、シュルッて帯を取る。あなたはイヤッ、やめて！　ってそのキレイな顔を引きつらせる。が、お股はとっくに愛液でぐっしょぐしょ。早く欲しいッ、っていってる。さあ、今度はその少女趣味の花柄のパンティ。一気に下げたら……顔と同じ徳島一のキレイなおマ○○。そうだナ。男はまずその豊かな胸を揉んで口づける。指はしとどに濡れた、そう、その腿の付け根だ。もうそこは充血して、欲しい……入れてって泣いている。頃合いをみて、ブチュッ……。

美子　……オイッ、どうした？　気分でも悪いか？　美子さんよっ！

……や・め・な・い・で！　続けてッ、続けてよ……お、お願い！　カ、カーテン締めて……アァ、そして……

年男　よーし、わかった。それじゃ、美子さん、言う通りするんだ、いいナ！　さあ胸をはだけてその可愛いブラをはずそう。そうだ。左手で揉んで、右手をほら、あそこへ……もっと股を大きく開くと……スゴイな。欲しいって泣いてるだろ？「××　×入れて」って言わないと相手はわからないよ。さあ、早く、大きな声で！

美子　ア・ァ・ァッ、もう、だめっ……頭が！　……ここが！　お願い、きて、来てよッ、ここに……ガ・ハ・ハッーン！

年男　そうだ、それがイクっていう味だよ。さあ、美子さん、ぜんぶ脱いでこっちにおいで。そう、上向いて股張って……うーん、キレイだ。これ……ナニ？　じゃぁ……コレは？　それじゃ、この硬くて長いのは？　うん？　聞こえんナ。あぁ、欲しいって？　ここに入れるの？　……なら、その前にしゃぶってみようか。キャンディ舐めるように。そ、そうだ。

海千山千の男に視姦されて、三〇分間も差して揺られて、明かりの中に満足しきった女がぶっ倒れている。まるでプライドも恥も外聞も見事に脱ぎ捨てた……ただの娼婦がいた。
着衣をすませ身だしなみを整えた美子が、さも何事もなかったかのように平静に煙草をふかしている年男に風のように寄り添った。何か言うにもどう言えばいいのか迷っている。

今の自分の気持ちを素直に言うなら「一緒に暮らして……」だが、歴史が浅すぎて嘘っぽい。バカにされそう。お友達でいいから付き合って……と言うべきか。それとも何も言わずにニヒルに別れるのがいいか……。

「美子さん、みんなが見る目は同じ、素晴らしいよ。癖になりそうだ。それでもここでのことは今日限りにしよう。変な言い方だけれど、彼とヨリを戻して結婚するのが一番いい。いい女房になれる。これ、オレのお墨付きだ」

年男のこの話を聞いて、ああ、どれも言わなくてよかった……と美子はほっと胸をなで下ろした。

男、男、男……男の価値も外見だけではわからない。この人だって取材に来たときは最低だと思った。男なんて野獣だ！　と思った。なのに、こんなに人間味があって優しい。そして……こんな私を女にしてくれたのだ。それにこうして別れが来て、なんとスマートなことか。なんか彼とはちがう……。

いい人――いい男だけれど、この人は結婚相手になる人じゃない。でも私の重荷をいとも軽々と解いてくれた。一生忘れられない男に抱かれながら、さようなら……職場の華は胸の奥でそう告げた。

Out第7ホール　バトル戦の果て

「彼女、私より年下だし、赤ちゃんまでできたんだから……一緒になってあげて。私、身をひくから……」

市内入来島町の木造アパートの一室。まだ麻酔が切れず、青白い顔して横たわっている十九歳になったばかりの島君子を前に岡崎晶子は年男に言った。年男は煙草に次から次へと火をつけてバツの悪さをこらえている。

話は一年ほど前にさかのぼる。

〈第一現場〉　五月五日　午後一時
駅前の名店街の一角にある宝石店の店員、水島江里＝二十八歳はトラックの運転手をしている主人がいたが、全国各地への長距離輸送で家を空けることが多く、たまに帰ってきても元気がなくて江里は始終体を持て余していた。年男がある彼女への誕生日のプレゼントを買いに寄って親しくなった。日活のバンプ役の女優白木マリを少し太らせたような大柄で、色白と肢がきれいなのをのぞくとセックスの固まりみたいな下司な女である。五月五日のこどもの日。この江里が久しぶりにヤッて、とこの名店街脇の喫茶店で一時にデートの約束をさせられた。

〈第二現場〉　五月五日　午後三時

市役所の二階にある市政記者クラブ。取材に当たる大手新聞社六社と地方の新聞社四社の記者たちの雑用をするために各社が経費を負担して雇用している女性が二人いた。一人は三十五歳のベテランで二人の子持ち。もう一人は南部の漁師の娘で島君子＝十九歳。二人とも、口が悪く行儀が悪くて露骨なシモの話も日常化している記者たちに馴らされて、君子などはもはや耳年増もいいところだった。胸を揉まれるなどは序の口で、スカートをまくり上げて手を入れたり、抱きかかえて腰を使うヤカラもいた。それでも君子はいつも快活でよく彼らの面倒を見ていた。そんな中で年男は絶対悪さはせず、そんなときは知らん顔して「陳明波のゴルフ入門」を読んでいた。そんなに年男がこの君子と結ばれたキッカケは市の資料室で八年前の市長選挙の記録を調べる必要にかられ、こうした作業に手慣れている君子に応援を頼み二人きりでこの部屋に入ったときだった。

彼女は献身的に手助けしてくれて、律儀にも段梯子に上ってびっしり並んだ書類をあさっていた。年男は偶然君子の真下から小さな下着がムッチリ白い肌に喰い込んだ股の奥を眼にしてズキンときた。「危ないよ！」と言うなり腰に手を回して引きずり下ろし羽交い締め。いつも同僚がやっているように股間に手を入れる。しばらくもみ合ううち……。

「いいわ。でもここではダメッ、ちがうところで！」といい、翌日の休日駅前のバス停で逢う約束を交わした。

〈第三現場〉　五月五日　午後五時

同じ新聞社の編集室に八人の女性がいた。ほとんどが三十歳前後でそのうち四人は記者で、主に文化、芸能などの担当だったが、この春短大を卒業して入社した娘が三人いた。そのうち二人は編集助手で、あとの一人は記者見習。この女……男勝りで気性がきつく聡明で、回りの男も滅多にからかえないほどの、一種近寄りがたい面を持つ岡崎晶子＝二十二歳。

ところが、ふとしたときに男どもの服のボタンつけやほころびを手慣れた手つきでつくろい、現場をかけずり回って汚した彼らのYシャツを手洗いするなど、一見して家庭的に見えるほかの女とは比較にならない気配りを持つ不思議な女であった。

たまたま市内の体育館に当時の人気歌手、小春八郎がやってきて、インタビューするのが晶子の初仕事であった。

新米記者の誰もがそうだが、始めての取材には震え上がる。ただ胸がドキドキして舞い上がるものだ。さすがの晶子も冷静ではいられず、誰でもいいから助けが欲しかった。見かねた年男が同行してやろうと助け船を出した。よほど嬉しかったのだろう。晶子は自転車で三十分もかけて年男の好物であるアジの姿寿司を買い求めてきてふるまうのだった。

一回目のショウが終わるのを待って二人は楽屋へ。小春八郎は舞台化粧を落としながら愛想よくインタビューに答えてくれた。一仕事が終わってても晶子はせっかくだからちょっと見たいと言ってきかない。次のショウが始まって観客席脇の一等席で見ているうちに四時が来た。原稿の締切ギリギリだ。社に戻ってもまだ晶子の腕ではまとめ切れず悪戦苦闘していた。あの強気な晶子が泣きべそをかいている。無理もない。相当のベテランになっても締切が近づくと血尿が出るほど苦しみもがくものだ。はるか向こうの上席で年男がそれを見ていて近寄る。

「やってるナ。どれ？　ウウン……これじゃダメだな。よーし、どうだ？　オレがやるからその代わりに明日デート、ってのは？」

いいい！　いいよ、何でもやるから……お願い！——と必死に手を合わす。年男はものの一〇分で原稿用紙三〇枚を書き上げた。余談だが、原稿用紙は四つ切りのザラ目の半紙で、記者は一五文字ずつ五行を縦書きした。当時新聞の活字は一行が一五文字であり、整理と呼ばれる紙面作りの担当者がレイアウトする際、五行で七センチとなり、配列作業を容易にするためこうした原稿用紙を用いていた。……こうして年男と晶子は五月五日午後五時に駅前の本屋でデートすることになった。

一時、三時、五時とそれぞれ二時間も余裕を取っておけば何とかさばけると踏んでの約束であったが、それは相当の無理があった。新聞配達でもあるまいし、顔を見てハイさようなら……といった生やさしい作業ではなかったのだ。

この日、年男のお目当ては第二現場の島君子である。十九歳だから当たり前といえばそれまでだが、紺色の事務服のボタンが今にもちぎれそうに膨らんで、太めなのに腰は徳利の首みたいに見事にくびれていて、上向きに寝かせると恥丘が羽二重餅を重ねたように盛り上がって、イヤが上にも男の欲情を誘うに違いない……毎日本人を前にして、そう観察していた。

　とりあえず第一現場の江里のところへ行くと待ちかねたように立ち上がって「ねェ、行こう！」という。歩いて十分くらいの行きつけのホテルである。キーを受け取ると年男の腰を抱き、もつれるように部屋へ。待ちかねた江里はジッパーを引き下げてまだその気のない男を口に含む。上目遣いにうまそうにしゃぶりまくる。硬さが増すと袋をさすり、一方を口へ、もう一方は指でころがす……いつもながらのタケた愛撫である。この女、秘道が浅く、身丈いっぱい入れられるのを嫌った。指でなぞると口から二センチくらいのところに細かなぶつぶつが群居しており、触れると身をくねらせてよがった。だから彼女は自ら上向いて股を張り、モノが入ると股を閉じて脚を伸ばし、亀頭だけをくわえて上下するとものの三〇秒で昇りつめる。

　ところがアクメにキリがなく、男が動く間中イキまくる……という体質なのである。男にとっては気楽なのだが、これで終わりというのがなくて張り合いがない。だから飽きてきたら両脚をとっちゃげて深々突いてやる。すると子宮に当たり気が萎えて「もう、イイ……」と音を上げるのだ。このときも年男は時計をのぞきながらそれをやった。

やっとのことで第二現場のバス停に駆けつけた。

島君子はコーヒー色のフレアスカートに襟の大きな純白のブラウスを着て、すみれ色の帽子をかむり、記者クラブで見るよりずっと幼い。緊張してまぶしそうに年男を仰いだ。コーヒーを誘うと「イヤーだ！　あそこへ連れて行くんでしょう？」と言う。その当時、この駅の一角に有名な同伴喫茶があった。……そして結局二人はこの喫茶店に入った。

足を踏み入れた瞬間は何も識別できないほど暗いが、個室のボックス席に座るころにはうっすら回りが見え始める。そこかしこから感極まった若い女の喘ぎが聞こえ、君子は目を丸くして身じろぎ一つしない。肩に手をかけると崩れるように年男の膝元にしがみついた。抱き上げて口を寄せると唾を垂らして舌に吸いつく。息を荒げてちぎれるほど吸った。

ブラウスをめくりブラジャーの留め金をはずすと、プルーン……と大型の二つの生き物が跳ねた。年男はそれを掴んで一方の手で股間へ。パンティの端から指を差し入れ、熱い肉片を割ると「ウォーッ！」……と跳ねて君子は静止した。失神である。

それでも年男は驚かない。感受性の鋭い初体験の女にはよくあることで、こうした体は決まって敏感であった。

動かない君子をいいことに指先で味わうように極上の身体をまさぐり……裸に剥いてい

く。冷たいソーダ水を一口飲んで口移しして頬を小さく叩くと気を取り戻した。慌てる君子にかまわず、膝に乗せるやウムをいわせずブチ込んだ。

腰を引こうと暴れるから不規則なピストンの動きになり年男に快感が襲う。第一現場の江里では不発だったのでガマンがきかぬ。ええーい、ままよ！　ドドッと吐き込んだ。終わると君子はアソコを押さえ、ヒリヒリ痛い、としばらく泣きべそをかいた。それでも身支度を済ませ、ソーダ水をすするころには普段の君子に戻って「おヨメにしてネ……」と子供みたいに笑った。

第三現場の岡崎晶子は手強かった。彼女の希望で洋画鑑賞となったが、ラブシーンの場面にタイミングを合わせて迫っても一向にのってこないのだ。やむなく座席の背にもたれているうちに、江里と君子の激戦の反動が来てまどろむのだった。やがて晶子は汽車の時間だと言い、途中で席を立った。最後列の一番高い通路まで行くと、振り返りざま年男に抱きつき口をすぼめて眼をつむった。年男は思いがけないプレゼントに戸惑ったが、待ってましたとばかりに舌を差し胸をまさぐると、厳しい抵抗に遭い振り切られてしまった。この晶子と体を合わせたのはそれから七カ月もしてからである。

このことがあってから、晶子は社内では年男にしゃべりかけることがなくなった。ところが退勤時には毎日のように玄関脇で年男を待ち受けて食事や散策に誘うのだった。これまで出会った女とはひと味違うタイプに戸惑いながら、しかしだんだん惹かれていく自分が不思議でもあった。

……こうして、年男は半年後晶子と同棲生活に入った。一緒に住んでみると社内とは別人のようであった。料理がうまくきれい好きで、女としてというより人としての情が深く、一番意外だったのは亭主関白を容認して男を立てる昔風のつつましさである。

あるとき年男が取材で二日間出張中、社に頻繁に一人の女性から電話が入った。数回目に晶子が出ると、どうしても今日中に年男さんに会って大事な話がしたいと言い、最後は涙声になった。晶子は喫茶店を指定して電話の主と対峙した。

まだうら若い君子は眼を泣きはらして、年男さんの赤ちゃんができてツワリがひどく会社にも行けず、母にも感づかれそうで恐い……と号泣する。——晶子はきわめて冷静さを装い、産みたいの？　と聞いた。君子は激しく横に首を振る。

晶子は意を決してその足で友人が勤める産婦人科へ連れていくことにした。道すがら生理帯と下着を買い求めてから処置を受けさせ、自分のアパートへ連れ帰って介抱したのである。そうとも知らず夕刻には年男が帰ってきた。部屋に入るなりおおよその事情が読めた。このところ君子が出勤しなかったのは、やはり……唇をかむ。

そのうち君子は麻酔が解け、眼を見開いて……その場の事情を察した。動転して身を起こそうとするのを晶子が制して優しく毛布をかけてやる。ややあって……君子が身支度を始め、生理帯と真新しい下着に気づいて、ごめん……なさい……と晶子に深々と頭を下げた。フラ、フラッと立ち上がり、ドアに向かう。晶子は急いで肩を抱いて廊下に出ると、ひと言ふた言声をかけた。

晶子は金輪際このことに関して年男にしゃべることはなかった。それは見事なまでのケジメであり、年男に対する愛の深さの現れでもあった。そして……晶子こそ年男にふさわしい尊敬に値する女性と悟って風のように去った君子もまた若さに似ず男女の彩を感受できる素晴らしい女ではあった。

Ｏｕｔ第８ホール　ホール・イン・ワン

「ねェ、そぉーと、よ。いっぱい入れないで……ネ」

同棲を始めて六カ月の岡崎晶子は胸をしゃぶって下をまさぐる年男をなだめている。日曜になるとほとんど一日中こうしてベタベタするのが年男の癖になっていた。この日もネグリジェ姿でコーヒーを入れている晶子に迫った。

「赤ちゃん……で・き・た・らしいの。嬉しい？　ねぇ、男の子がいい？　それとも女……？」

年男の手が止まった。結婚前提の同棲だから別に驚くことではないが、こうした場合男は決まってドキッとする。それはこれからの生活を含めて男としての責任感から来るもので、宣告された瞬間子供のいる風景や自分の立場が頭の中を去来する。そして無意識のうちに腹の内を覗きたくなるものだ。年男もついつい晶子の下腹に耳を寄せた。

年男がたじろぐと今度は晶子が積極的になった。晶子はこのところ性愛の味を覚え、からむのが楽しみになっていた。……が、胸を吸われての快感はまだない。最初のうちはもっぱら可愛がられているという気分的な浅い快感だったが、あるとき松葉崩しの体位からスタータ一まさぐられて昇りつめた。それからというもの、どんな体位をとってもイッてしまう。年男と初めて結ばれて一〇回くらいまでは、明かりをつけるのも声を出すのも物凄く恥ずかしくて、腰を使うなんてとてもできなかった。相手にしてみれば物足りない女であったろうし、不感症だと落胆したに違いない。

それがものの一カ月も経つと言われることは何でもやり、その度ごとに狂ったメスに豹変して体を合わせると決まって年男好みの……まるで娼婦を演じてしまうのだ。女性雑誌では日本男性器の長さは一四センチくらい、茎囲は十一センチが標準とあったが、年男のそれは一六センチは優にあり、そして胴回りも太い。頭の部分が妙に大きくて、どんなに濡れていても何やら内陰唇がまくれ込むようで痛い。それがグ、グッと来ると、アソコの肉ごとまとめてドーンと押し上げられ、一気に子宮に突き刺さる。最初はそれが苦痛だったが、度重なるうちに「ヤラれてるぅッ!」……の感激がエもいわれぬ快感にすり替わった。

妊娠三カ月を過ぎての性交は流早産、早期破水や感染症の原因になり、激しい性生活は慎重に……と医者がいう。かといって夫婦間の心理的な状況もあり、あまり厳格に避けるべきでなく、ヤルなら側臥背後位や大腿間、それとも膣前庭部性交や保留性交がよいとされる。つまり、斜めから入れたり、鈍角に陰裂に押し当ててこすったり……入口付近をなぞって遊んだり……入れたまんまじっとして括約筋の活動にゆだねる……。

本物の口技を知るのもこの時期である。女は妊娠すると性欲が衰え、外性器、内性器ともに胎児第一義となり、防衛本能が先行するもののようだ。ところが男はこの時期の膣壁が充血して感度を増すものだから、味をしめて入れたがる。女房は夫のセックス処理係みたいな役割に徹し、口での奥義を会得していくのである。

その日のうちに年男は晶子の実家に赴いた。市内から国道一一号線を北岸に向かい、吉野川橋を渡って二〇分くらいの田園地帯、小北町に実家はあった。三反くらいの水田を持ち、父親は近くの化成会社に勤めていた。晶子は五人姉妹の次女で、姉と下に弟と二人の妹がいた。結婚の意志を告げると、母親は街風のシャレた年男を見て将来の女関係を心配するふうで、父親は特別いい暮らしは望まないが娘を泣かすことだけはしないで欲しい……と釘をさすのだった。

その年が押し迫って晶子は女の子を出産した。桃子と名付けた。正式に新聞社を辞め、専業主婦になった晶子は心満ち足りた女の幸を噛みしめながら子育てに余念がなかったが、年男の方には暗雲が立ちこめ始めていた。

社のベテラン県政記者浜口と湯浅先輩が恐喝の嫌疑で検察庁に起訴されたのだ。そのうち榊編集局長らも事情聴取を受けるなど、新聞社自体の屋台骨が揺らぎ始めたのである。

事件は南部の火力発電所開発をめぐり、土地買収と漁業補償にからんで大物県議会議員と地元の有力者の間で巨額の贈収賄があり、社の二人の記者が巻き込まれたのだ。新聞ダネにしないという約束で、仲介者として暗躍した全国ネットの右翼団体から一、〇〇〇万近い現ナマを受け取っていたのである。そしてその金の半分は創刊三〇周年記念の賛助金として会社に入金されていた。公器としての新聞社にとってあってはならない醜聞である。

この二人の記者は正義感の塊みたいに現場に泊まり込んで裏の取材に当たっていたが、送稿する手段が今のようにファックスがなかった時代なので、取材メモをその日の汽車に託して市内の駅で受け取った。そのメモをもとに年男が記事に仕上げて掲載していたものだから、「カツアゲ」した金の一部は年男にも回っていると踏んだ検察庁は年男の事情聴取を開始した。

結局それは不問に付されたが、子供が生まれたばかりの年男を案じた編集局長からほとぼりがさめるまでの二、三カ月、有給の休職を進言された。せめてもの恩情である。この事案はさらに尾を引く様相を呈し、悲劇が起こった。事件の舞台となった地元の支局長が責任を苦に首をくって自殺したのである。

年男はなすすべもなく毎日子守をしながら会社の行方を見守る生活を送った。晶子にしてみれば棚から降って湧いたボーナスであり、手放しで喜んだ。桃子が寝るとすり寄ってくる。まだ身体が回復せず本番はできないので、もっぱら年男を狂わせて楽しむのである。この日も昼寝した桃子の目を盗んで最愛の夫に襲いかかった。

裸に引き剥いてソファに仰向かせるとバストを含ませて甘える。反射的に差し入れられた年男の指先が、ピチャッ、ピチャッと奏でる自分の楽器の音色を聞きながら、男の小さな乳首を舐める。年男は右の方を舌で転がして、左を指先でさすると快感が即座に股間に連動して、クイッ、クウイッと天を向き、おびただしい淫水を吐く……そういう体質であった。晶子は床に正座して脇腹に舌を這わせ下腹部へ。白昼こうしてまじまじと見るのは初めてだったが、青筋を浮かべて背をそらし、傘を張った雄姿は……まさしく「男根」そのものだった。

窮屈な粘膜を押し広げ、四気筒のピストンみたいに駆動させ、自分を泣かす正体を目の当たりにして、すぐにでも花泉を被せたい衝動をこらえ、首裏の茎腱に口づけして舌で叩く。ハーモニカを吹くみたいに横にくわえ左右に一〇回……。年男は晶子の頭を掴んでガッポリ喉の奥まで納めて……とせっつくが、意地悪くそれを無視していよいよ年男の弱みを突きにかかる。左手の中指と薬指で中間部分を軽くつまんで、右手指は茎皮を上方に滑らせて亀頭に被せ、口で含む。そうしておいて右手で皮を引き下げざま、頭をズルーッと吸い上げた。さらに茎腱を舌で弾き尿口を突く。ものの10回もこれをやると……年男は狂う。大波が来て、ここぞッというとき、口を緩めて動きを止め、裏筋をコチョ、コチョ……。

年男が夢中になってまさぐっていた自分のアソコから指を抜いて、両手でそこらへんにあるものを手当たり次第に掴む。爆発の合図である。間髪を入れず左手で根元を締め、先っぽをズボッ、ズボッと舐め上げる。やおらウォーッ……とわめいてぶちまける。怒濤のように五回ほど吐いて静止した。

晶子は年男を横向きに倒して松葉を崩し、火照って熱い自分の中に導き入れた。もっとズズッと押し込んで腰を使いたいが、産後間もない子宮の奥の鈍痛が気がかりだ。そのまじっとくわえ込んで余韻を楽しみ、年男が萎えるのを待つのである。

女は……必ずしも突かれてこねられて達するだけではない。こうして相手を狂気の世界に導いて、そしてその亡きガラを抱いているだけで、歓びをしみじみ味わうことのできる動物でもあるのだ。

こうして一カ月が経ったころ、先輩の経済記者菱崎大介を訪ねたら「トシ、子供や女房のためにもここらでヤクザなブン屋の足を洗ったらどうだ。オレみたいにドップリ浸かったらそうもいかんが、お前ならまだ出直せるぞ……」

といさめられた。そして、そのつもりがあるならば、去年国会を通過した中小企業振興に関する法律の制度が来年からスタートし、この事業の要となる企業経営指導員の第一次採用試験がこの春実施されるので、受験して公務員になれ、と言う。さっそく県商工課へ連れていってくれた。そこで受験資格を聞くと――。

一、大学経済系を卒業した者
二、中小企業団体職員として五年の経験者
三、五年以上商工業の経営に携わった者

となっており、年男には該当する項目がない。菱崎記者は直ちに年男を伴って、本件の最高責任者、島商工部長を訪ねてこう言った。

指導員は町工場や小売店のおっさんを指導するのだから、まず人柄、次いで抜きんでた情熱が必要。その点でこの男はうってつけだ。オレが保証するから受験させてやってくれ……と。部長は大学は中退だし受験資格外だが、試験の結果上位五名の中に入ったら採用する……と条件を付けてOKしてくれた。

こうして年男の猛勉強が始まった。六法全書、経済専門書、会計学、金融、労働六法に、はては特許、商標から店舗設計まで、ありとあらゆる分野に及んで自習し、会計面は最寄りの商業高校の先生を訪ね、放課後に指導を受けた。

そして……年男は採用試験に臨んだ。第一期生として採用される指導員は一二名。受験者は何と三〇〇人を優に超えていた。それでも年男は見事合格者の上位三番目にその名を連ねたのである。

この指導員は市内は商工会議所、地方は役場の管轄で独立した事務所を持ち、二人の補助員と一二五CCのバイクが与えられた。こうして年男は政治団体職員から新聞記者を経て、一八〇度畑の違う企業コンサルタントの新境地に活路を求めたのである。

経営指導員の使命は主に小規模事業者の経営面の改善と地域の振興活動にあった。要するに商工業者の「お助けマン」として政権党の自信の政策であった。年男は身を粉にして管内を駆けずり回った。そのうち国民金融公庫よりの借入斡旋額が年間一億円を突破し県知事表彰を受けた。一口三〇万円前後の小口融資だったから、その件数においていかに地道に活動したかが賞賛されたのである。さらに斜陽産業の粘土瓦製造の一八業者を当時ブームだったプラスチックボタン製造業に集団転業させるという大事業を手掛けて四国通産局長賞を受け、経営指導事業のモデルケースとして全国に紹介され、一躍名を挙げた。

自信満々の年男はそのかたわら国家試験にも挑戦して行政書士、土地家屋調査士、土地建物取引主任の資格を取得し、民間の資格制度中小企業診断士の免許取得にも成功した。顧みて考えれば、年男が女を忘れ、自身の生活と真剣に対峙した貴重な四年間であった。

Ｏｕｔ第９ホール　女医の診察室

「ねえェ、後ろからいっぱい入れて……ツイて……？」

会社の指定医で重役までもが視姦するほどの色っぽい女外科医大山君子が玉の汗を浮かべて責めまくっている年男に恥じらいながら顔を覆ってお願いしている。普通なら三回も昇りつめれば「ねえッ、今度は一緒にイッて……」と言いそうなものだが、三十歳の――極限の味を知り尽くした熟れた肌はさらに最も自分の好きな体位に持ち込もうと貪欲だ。

年男はかたわらのおシボリで胸の汗をぬぐいながら、君子の肢を横に倒し挿入部位をはずさぬようゆっくり腰に手を回してうつむかせると、君子は思いっきり尻を突き上げた。形のいいふっくらしたヒップはもうすでにねっとりした愛液にまみれ、タンパク質の女臭を放つ。上隣のもう一つの窪みは興奮のあまり、わななくたびに淫靡に息づいている。差した角度を下げるとおびただしい汁液が年男の幹を伝った。それを抜いたら物欲しそうにピンクの秘口がポッカリ開いて怨めしそう。全然毛がないから景色が違う。まるで童女みたいだ。だから正常位を長く続けると恥丘がコスれて痛いのであろう。本番はバックから思いっきり突かれたいに違いない。パイパンは金の草鞋はいてでも探せ……といわれるほどの希少名器だ。病気などの場合をのぞき五、〇〇〇人に一人いるかどうか。よく濡れて締まりが抜群だ、と重宝がられる。

ぎゅぎゅっと腰が絞られ、独立したような丸いヒップを左右に振って「ねぇ、はやくッ！」……待ちわびる君子。年男はやおら腰を抱え込みざま一気に無草の湿地にぶち込んだ。ウォーッ……髪の毛を振り乱しベッドのパイプを掴んで吠えながら腹部を下げて局所を突き上げ、もっと深く……とせがむ。年男がそれに合わせて腰を引くと、きてッ、きてよっ！　……相手は膝をずらして追いかける。「君子さん、今どんなこと考えてる？　教えてよ……」動きを止めて意地悪いことを聞いてみた。狂気の淵にいる女に一度聞いてみたかった。……ややあって、君子はとぎれとぎれにこう言った。

「ウゥ、もうイヤッ！　そこからメスで切り裂いて……！」――まさしく女医さんならではの叫びというべきか。凄まじい。

このころ年男は難関を突破して華々しい業績を残し、周囲から嘱望されながらも中小企業経営指導員の職を四年余りで辞していた。最後には県商工部長じきじきに慰留されたが、年男にはどうしても新境地を求めざるを得ない事情があった。仕事自体にはやりがいがあったが、当時の公務員の給与は低く民間会社ベースの七〇パーセントに満たなかったものだから、次女が生まれ晶子の実家での居候もかなわずケチなマイホームを建てたこともあって、そのローンの支払いにも窮する状態であったのだ。そんな折、市内の著名会社の鈴江取締役工場長の訪問を受けた。貴男が地場産業の集団転業を推進して提携関係にある大阪のプラスチック工業会社に樹脂原料を供給しているが、そこの山口社長から貴男の力量を推奨された。是非来てほしい……と言い、本社営業次長待遇で給料は今の倍額——という条件を提示された。

こうして年男は三カ月後西日本精油に転職したのである。この会社はアミノキッド、ポリエステルなど油脂類の総合メーカーで、日本全国の塗料製造会社やロッテやハリスなどのチューインガムメーカーをはじめ樹脂成型企業に主要原料を供給する西日本屈指の化学会社であった。一万坪の敷地には巨大なパイプが縦横に走り、天を突く煙突が乱立して当時では最新のマンモス規模を誇っていた。この会社の最大の自慢は研究室の設備とその陣容にあった。全社員一、二〇〇人の一〇パーセントを研究技術者が占め、博士がなんと四人、修士が六人もいた。ここでも年男はケミカルのイロハから始めざるを得なかった。三カ月間毎日牛尾博士の研究室で化学知識を叩き込まれたのである。難しいのなんの……ケツを割りたい心境の中で、妻の晶子や幼い二人の子供が眼に浮かび、思い直して歯を食いしばった。

大量の原料は商社まかせでいわば売り手市場であったから、新しく中・四国地域のポリエステル成型工場や製紙工場向けのサイズ剤および接着剤などを直売する営業政策が打ち出された。その先鋒の役割が年男以下七名の営業マンに下されたのである。気が遠くなるような重責である。一人当たり一カ月五社以上の顧客を取ることをノルマとして掲げ、たとえ溶剤の一ドラムでも取ってこい、煙突あるところに商売あり……が合い言葉。葬儀場に飛び込みカタログを開いて馬鹿にされたという、笑うに笑えない新米営業員もいたほど。しかし活気があった。当初から独立採算を組まれたものの時代の追い風にも恵まれて、一年もすると人件費をまかない、全社の資金繰りに組み入れられるまでに成長した。

年男は自宅から四〇分の距離を中古のスクーターで通勤していた。当時自家用車で通勤するのはごく限られていて、たいていがバスに汽車、それにオートバイを使っていた。

ある雨の朝、年男は狭い道路で車に追突され、かたわらの水田に転倒するという事故に遭った。スクーターは大破したものの幸い腕の打撲程度の軽傷だったが、全身どぶネズミとなり、身動きがとれずうずくまっていると「大丈夫ですか！」と女の声。雨合羽の帽子をめくると会社の指定医大山君子であった。大型のトヨペットクラウンの後部席に年男を横たえると、全身を手で確かめて触診し、その足で彼女の医院へ移送され手当を受けたのである。……これが女医の君子と個人的に知り合ったいきさつであった。

君子は看護婦に命じて衣服を調達して与え、「レントゲンでは異常はないけど、明日になったら痛むでしょうから、もう一度来てちょうだい」と告げ、新しい車を買って、と茶封筒に入れた一〇万円を手渡した。

当時のスクーターはトップブランドのラビットの新車でも二万円を切る値段だったたから、一〇万円の大金には正直いって驚いた。余った金で四歳の長女桃子にカワイのオルガンを買ってやったりもした。

三日後年男は病院を訪ねた。診察室に入るなり「大丈夫そうネ……よかったわ」と言い、お茶でも、と隣の応接間に通された。緑のじゅうたんが敷かれた広いスペースにゴルフボールが四、五個。部屋の隅には真紅のクラブセットがあり、君子はパターを取り出してボールを転がす。年男さん、ゴルフはやらないの?……と聞いた。やりたいけど、チャンスがなくて……と年男。

「ゴルフねぇ、やってみるとおもしろいのよ。私、大学二年のときに始めたんだけど、もしこの仕事やらなかったら樋口チャコちゃんくらいは行ってたかもネ。でも私サ、肌黒いでしょッ? これのせいなの。ホントは……」とスカートの裾を大幅にたくし上げたら、真っ白な——うまそうな腿が眼に飛び込んできた。

これからの社交にはゴルフは絶対必要だし、貴男のような営業の仕事には有利になるから一緒にやりましょう……と熱心に誘い、ほとんど毎日午前中は近くの城山練習場にいるから来なさい、と半ば強引に真新しい7番アイアンを押しつけられた。

このころから年男は香川、高知、愛媛、岡山県のエリア開発拠点として高松市に支店を開設する準備に追われたのである。スタッフ六人規模で年間売り上げ目標を一億五、〇〇〇万円と設定。三年後には独立採算に持っていく計画である。大手商社から中途入社した部下の明石を責任者に任命し年男がバックアップするという形で、出張も増えたが本社の仕事もあり月の半分は在席した。

ある日の昼前、気になっていた練習場へ行くと君子がいた。白いパンタロンに真っ赤なスポーツシャツ。濃い目の化粧にポニーテールの君子は普段の白衣とは打って変わって優雅に見える。年男を見つけると手招きして、やってみる？　と言う。尻込みすると馴れた動作でクラブを振る。「ちょっとダフッたかナ？　ウン、今のはトップ気味……」などと言いながら打ちまくる。

年男はそんなことはうわの空。君子の体に釘付けだった。テークバックで豊かな左のチチが持ち上がり、フォローでは右の方がせり出して純白のパンタロンに小さなパンティラインがくっきり……すぐにでもバックからブチュ、と杭をぶち込みたい衝動にかられてぞくぞくしているのだ。インテリで澄ましたこの女、どんな顔してわめくのか？

一人でよこしまな白日夢を見ている年男に君子が言った。「ねぇ、ヤリたい？」「アァ、うん……」――あまりのタイミングにはっとしたが……クラブを手渡された。ナーんだ、練習か……。

こうして年男は朝出勤するとミーティングに引き続いて営業報告を受け、売上伝票と入出金に銀行出納の確認を行い、四つの研究室回り、そして業務部での在庫状況の確認を済ませ、四国支店の状況把握が終わると社長室……これでおおむね十一時が過ぎる。その足で練習場に赴き、君子の手ほどきを受け一緒に昼食。こんな日が二カ月も続いたある日、ゴルフ場に誘われた。

春分の日朝八時。スターティングホールに立つと、君子は「これ、使ってちょうだい」と男物のスポルディングのクラブセットを指さした。見るとネームプレートに大山時蔵とある。そういえば彼女の病院で六十歳近い白髪の男を見かけたが、おそらく父親なのだろう。夢にまでみた初ラウンド。が、空振りにチョロにトップ……ロングホールで馬鹿当たりしてボギーが取れたのと二〇メートルくらいのパットがまぐれで入った以外、ラフと林ばかりを渡り歩いてやっとのことで18ホールが終わった。ゴルフは奥が深くてそう簡単な球技でないことをイヤというほど思い知らされた。君子は82で回り、有頂天になって喜んでいたが……。

ホールアウトすると君子が精算を済ませ「シャワーしないでここで待ってて。おいしいものをご馳走するわ」と女子ロッカーに消えた。トヨペットクラウンは月の宮カントリーの桜並木を下り、来た方向とは反対の道をすり抜け、とあるモーテルへ滑り込む。ギイーッ、とサイドブレーキを引くとハンドルにもたれて君子が言った。

「入っちゃうわよ、イイでしょ？……私には三十歳も年上の主人がいるわ。大学の教授で私が教え子だった、ってわけ。きれいな奥さんと二人のお子さんよネ、あなたも。総務課で調べちゃった。ネェ、もちろん、これって遊びだけど……私、年男さんが好きなの！」と汗臭い年男の口を吸い、ヌメった舌を差し込んできた。年男——十五歳で筆を下ろして三十一歳の今まで手当たり次第に女の体を貪ってちょうど二四〇人。今まさに二四一人目の盛ったメスが火照った体を開いてセックスマシーンに委ねようとしていた。

「お先にどうぞ……」シャワーを勧めておいて、手早く自分も入ってきた。立て膝すると二度三度股間に掛水してバスタブに飛び込みざま年男の胸を吸う。すかさず右手はもう勃起して天向きのレバーへ。湯水越しにその大ぶりなモノを見て……。

「ここで……ヤル？」と言うより早く年男の膝に乗るやバシャ、バシャ……と水音立てて大腰を振る。——イクッ……イキそう！……イッちゃうぅぅ！　わずか一分足らずの出来事であった。年男は体を離して洗ってやる。……と、無い！　ワレ目を隠そうとけなげにかすんでいるはずの恥毛がなく、まるで赤ちゃんがそのまんま色を深めたように亀裂が一本。やや開くと陰芽が露出して——微笑んでいるみたいだ。

年男をベッドに寝かせると、今度はお返しとばかり責めまくった。スッゴイッ！　うわぁ……を繰り返し、何度も何度も明かりに向けて舐めてはさする。そのうち正常位の型をとったら、一気に三回ほど気をやらせ、あとは土手をさすって痛がった。

求められて後背位を取るとまた生き返った。「そこ、メスで切り裂いて!」というのはおそらく壊れてもいい、無茶苦茶突いて!……ということに違いない。二センチほど残して突いても子宮口に当たるのに、もっと……もっと! と雄叫びを上げる君子……。

この女医さんとは18ホールと19ホールをかけもちしながら二年も続いた。おかげで年男のゴルフの腕は80台に上がったのである。

Ｉｎ第10ホール　鳴門海峡・色景色

「まだ傷口が痛むの。そーっと頭だけ……」

突起したつぼみに舌を這わせ、尿口のあたりから舐め上げるると異常とも思えるほどの淫汁が年男のアゴまでしたたる。文子はシックスナインをせがみ、脈打つ太くて長いモノを咽頭までも呑み込みながら腰を揺らす。尺八がうまい。男を知り尽くしたテクニックだが、それにもまして口内の感触が並外れて、いい。年男は相手へのサービスをしばし忘れ、眼を閉じて文子の口技に陶酔し切っていた。……ねぇッ、い・れ・て！　ねぇ……せかされて肢を広げ、興奮のあまりぷっくり膨れ上がった陰門に先っぽをあてがった。だが……絆創膏で止められた下腹部のガーゼがどうしても気にかかる。

これ、大丈夫?……聞くと、まさか！　盲腸の手術をして昨日抜糸したところだ、と言うではないか。反射的に怒張が萎えた。半ば諦めて煙草に火をつけると、「イヤッ、そんなの！　きて……よ」ともう一度言い、自ら年男を導き入れた。

およそ二年前、年男の管理のもと高松市に開設した四国支店の商況が順調で、この日大口の取引契約の調印のため本社を出たのが朝九時。車を飛ばして鳴門市にさしかかったバス停で三十歳前の女を拾った。手を挙げているのをヤリ過ごしたらバックミラーの中でなおも手を振っているので、バックすると小走りに駆け寄ってちゃっかり乗り込んできた。

行き先をたずねると、お宅さんはどこまで？……と逆に聞いた。高松までだと言うと、うァーっ、いいなァ……一度行ってみたいナって思ってた、でも……お帰りは遅いんでしょ？　と言う。あさっての昼頃だと答えたら、あら、そう……と、何やら怨めしそうにパール色の爪を噛んでいる。

結局このときは彼女の家の近くまで送り届けたが、三〇分間ほどの車中でこんな話が交わされた。

「独身……じゃないよネ？　そぉそう、どうしてあそこで僕の車を止めたの？　もっと高級な車、走ってるのに……」

「主人が一人いるわ。結婚して三年目。子供はないの……っていうかできなくなっちゃった。主人は四国電力の下請け会社なんだけど、去年の末高圧線で感電してしまって……。どうして手を挙げたかっていうとネ、……恥ずかしいなァ、実はたまらなく寂しいときはこうしてよく車に乗せていただくの。でも誰でもってワケじゃなくて、ちゃんと観察して……」

「ご主人、そいじゃぁ……タ、タないの？　そりゃたいへんだ。なら、奥さんはまだアノ味、知らないんだ？」

「……ヤッてみる？　人並みだと思うけど……。ともかく、嫌いじゃないことだけは確かネ。主人がダメだから毎晩みたいに自分でもヤッちゃう……」

「どういうのがいい？　後ろからとか、仏壇返し……とか？」

「もう、欲しいときは何でも、いい！　――ネエッ、ちょっとここ確かめてみて！」

文子が年男の左手を引き寄せた。短めのスカートの裾から手を差し入れ下着越しに指を曲げると、文子は腰をずらせてシートに背をもたせる。……小水を漏らしたか、グチョって感じ。緩めの柔らかい布越しに二本の指でかき上げると――。

「とめてッ！　ねェ……」悶声が切羽つまった。手を止めると「ちがうよッ、ク・ル・マ止めて！」ときた。

が、年男には時間がない。据え膳は食いたいが商売のことが頭をよぎる。直線にかかるとパンティをずり下げ、指を突っ込んでなぞりにかかる。間口は緩く二本では物足りぬ。薬指を足してやっと抵抗が……。文子は両手を錨のようにシートの背もたせに打ち込み、肢を計器盤に上げて踏ん張った。「でるぅッ！　助けてッ……」硬直した肢は年男の手首を締めて離さない。カーブにさしかかり大きくハンドルを切ると、やっと我に返った文子はかたわらのハンドバッグからチリ紙を取り出し、名残惜しそうに年男の指を一本一本丁寧に拭った。別れ際、頬にチュッと大きな音を立てて口づけ、「あさってここで待ってるから……ねぇ、いいでしょッ」と切れ長の眼ですがった。

支店に着くとアポイントぎりぎりで明石支店長以下やきもきしていた。無理もない。この商売、一カ月一、五〇〇万円の売上で概算で二〇パーセントの粗利益となり、支店始まって以来の大口取引なのだ。そしてその価値はそれよりももっとデカかった。

西日本を代表する合板メーカー片倉工業のポリエステル樹脂と接着剤の使用量は絶大で、日本大手の樹脂メーカーにとってはドル箱の需要先であった。日本樹脂化学やスメダインの独壇場で地方の後発会社の出る幕はなかった。

ところが片倉工業の技術部はかねてから西日本精油の研究室が開発を進めていたホット

メルトタイプの接着剤に目をつけていた。従来の酢酸ビニル系やゴム系の接着剤は二次加工で熱処理を必要とするが、ホットメルトでは一次工程でよく三〇パーセント以上のコストダウンが見込まれた。全国に誇る研究技術力の勝利である。

契約は順調だった。副社長と生産本部長、それに五人の技術員が顔をそろえ、これに賭ける意気込みが感じられた。

その夜、県内一の割烹双葉で宴会を設営し、芸者を大集合させてドンチャン騒ぎ。そして、それは夜半まで続いた。そのうち、お客の様子を窺いながら明石支店長がそっと耳打ちする。生産本部長様がコレ、ご所望です……と小指をのぞかせた。そう、それで適当な芸妓のいるか？　と聞くと、君奴をご指名です……と言い、無礼講のるつぼと化している芸妓およそ二〇人の中のうら若い芸者を指した。支店長は抜け目なく段取りをして二人を連れ出しにかかる。ところがすでに泥酔状態の本部長が舞い戻ってきて言う。「白川さんよ、わし一人にするんかネ。……ん、なら昼間の契約は……ホ、ホ、ホゴ！　帳消しだ」一緒でないとダメだときかない。やむなく年男はそこらへんの芸者を指名して四人で置屋指定の旅館へ行く羽目に。

恐縮ですが
切手を貼っ
てお出しく
ださい

112-0004

東京都文京区
後楽2－23－12
(株) 文芸社
ご愛読者カード係行

書　名				
お買上 書店名	都道 府県　市区 郡　書店			
ふりがな お名前		明治 大正 昭和　年生　歳		
ふりがな ご住所	□□□-□□□□	性別 男・女		
お電話 番　号	(ブックサービスの際、必要)	ご職業		

お買い求めの動機
1. 書店店頭で見て　2. 小社の目録を見て　3. 人にすすめられて
4. 新聞広告、雑誌記事、書評を見て(新聞、雑誌名　)

上の質問に1.と答えられた方の直接的な動機
1. タイトルにひかれた　2. 著者　3. 目次　4. カバーデザイン　5. 帯　6. その他

ご講読新聞　新聞	ご講読雑誌

文芸社の本をお買い求めいただきありがとうございます。
この愛読者カードは今後の小社出版の企画およびイベント等の資料として役立たせていただきます。

本書についてのご意見、ご感想をお聞かせ下さい。

① 内容について

② カバー、タイトル、編集について

今後、出版する上でとりあげてほしいテーマを挙げて下さい。

最近読んでおもしろかった本をお聞かせ下さい。

お客様の研究成果やお考えを出版してみたいというお気持ちはありますか。

ある　　ない　　内容・テーマ（　　　　　　　　）

「ある」場合、小社の担当者から出版のご案内が必要ですか。

希望する　　希望しない

ご協力ありがとうございました。

〈ブックサービスのご案内〉

小社では、書籍の直接販売を料金着払いの宅急便サービスにて承っております。ご購入希望がございましたら下の欄に書名と冊数をお書きの上ご返送下さい。（送料1回380円）

ご注文書名	冊数	ご注文書名	冊数
	冊		冊
	冊		冊

この芸妓、花奴といった。四十五歳。物凄いヤセっぽちで、襦袢姿になると腿が年男の腕回りに等しい。

女ならさして選り好みしない年男だが、これには参った。ムッチリした胸やヒップ、しっとりした肌など、男は自分にないものを女に求める。それがこの花奴はまるで女の体《てい》をなしておらぬ。

年男は延べられた布団にひっくり返り狸寝入りを決め込む。女はひざまづいて着衣を脱がしにかかった。器用なものだ。相手に負担を全くかけないでまるで竹の子の皮を剥くみたいに——瞬く間に素っ裸にした。何回も何回も湯場に通っては熱いタオルで頭のテッペンから足の先まできれいに拭う。年男は相変わらず寝たふりをして眼を開けない。何か見てはいけないモノを見るようで恐いのだ。花奴は違った。さあ、これから大仕事にかかるぞ……といった意気込みが窺える。

やがて——適量を過ごした酒が回り、今度は本眠りに入った。

……四方は何もない空間に花むしろ。霧が立ちこめていて回りがかすんで見える。足元に一人、そして胸元にもう一人天女がいる。よく眼を凝らして見ると、回りには自分と同じようなカップルがいっぱい。嬌声を上げ、思い思いに戯れていた。足元の天女が股間を、もう一人が胸を吸う。まるでつきたての餅を伸ばして呑み込むように一気に根元まで。ゆっくりと吐き出しながら先っぽにかかると強力なバキュームのごとく吸い上げる。根元が引っ張られて……痛い。が、エもいわれぬ快感が！　十三歳のころの初夢精の再来か。漏らしそう……ダメ……だ……。

あんどんのほのかな灯火の下、天女が髪の毛を振り乱しなおも吸う。吐きたい！……のに、口が離れ肉棒が宙を舞う。耐えかねて花むしろの縁を掴んで背をそらす年男……。「まだよ、これからネ……」──天女とは似ても似つかぬ花奴だ！　年男は改めて眼を閉じ、さっきの二人の天女に思いをはせるが……目が覚めた。だが、正夢というのはあるものだ。見ると一五センチの巨砲をまるで天女がやったように……柔らかな餅を呑み込むように……根元まですっぽり呑み込んで喉笛を鳴らすのである。それに……歯が当たらない。ヘビに丸飲みされるような感覚はどうしたことか……？

恐るべきことに、にわかには信じがたいことだが、花奴の口には歯はなかった！　昔、公家がうら若い女妾に歯を抜かせ、口技を貪ったと聞くが、いまだこの世までこんな色道が生き続けていたのか……？　年男は花奴の執念を見た思いにかられガク然とした。

昼夜を問わぬ大仕事に年男は精も根も尽き果てた。が、もう一つ大仕事があった。午後三時、支店を出て一一号線をひた走る。一昨日交わした文子との約束、どうしようか……ホゴにしたい気持ちが六〇パーセント、義務感みたいなのが二〇パーセント……そして楽しみが二〇パーセント。

県境の引田トンネルを抜けるとそこは鳴門海峡であった。はるか向こうのバス停に文子はうずくまっていた。十一月の海風は冷たい。近づくと茶色のコートに白いマフラーをすっぽりかむり、寒さに震えていた。ああ、やっぱり時間通りに来てよかった、と思う。文子は車に転がり込むと「寒いのよ、今日……」と言って、年男に抱きついて暖をとるしぐさをした。海鮮専門のドライブインに入ったが、文子は「お酒、いい？」と言って、熱カンを立て続けに飲み、壁際の「空室あり」に眼をやり、ネェ、あれ……と指さした。

ドライブイン脇の小道を二〇〇メートルほど行くと、松林の奥に赤い屋根のしゃれたモーテルが五棟あった。こうして二人は寄りつきの棟に入ったというわけである。

シックスナインからせかされて正常位へ。文子は一昨日抜糸したばかりの盲腸の傷口を押さえながらも、燃え盛る欲情には勝てない。自分から年男のポールを掴んで秘口に。頭だけ……本人がいうようにおそるおそる差すと、ズボーッと一気に根元まで入った。初めて会った日、車の中で指で確かめた以上にユルい。大海にゴボウとはいうけれど、これじゃ自慢のモノも形なし。入れてるというより泳いでいる感覚に近いのだ。一〇回くらい出し入れして聞くと、「イイみたい……もっと奥突いて！」と言う。ガバッ、ズボッ……隙間が大きいだけに発する淫音も騒がしい。

傷口がすれないように両手と足で体重を支え、一〇回突いて三度回し、大深小浅を繰り返すと文子に絶頂が来た。すると、どこから現れたかミミズ千匹、茎にまとわりついてうごめき出した。

ウッウウッウッ……小さくうめいて歯を食いしばり腰を突き上げて静止すると、かの大海はどこへやら、痛いほど締めつけて引き入れ、ドドドッ……と脈打った。あまりの伸縮係数の落差に呆然とさせられる。――体を離すと、ついに文子の傷口は痛々しく開き、鮮血が滴っていた……。

たった今、顔を歪め悶え苦しんだのは果たして真実快感だったのか、激痛に耐えていたのか。年男には聞く勇気がなかった。

In第11ホール　アウト・オブ・バーンズ

「ごめんネ。何されてもいいけど、あたし……アソコ触られるのだけはダメなの……」

小太りというより肥満に近い自称マリが下の谷間をまさぐりにかかる年男の手を遮った。太めの女体のよさの一つは触感であり、ましてやこのマリのように恥丘が盛り上がった……モリマンに触れずにはいられない。マリは年男の手を掴んで自信たっぷりのEカップの胸へと導いた。そうしておいて魚臭い年男のブリーフを手早く剥ぎ取り、デカい肉棒を二度三度としゃくり上げる。見れば透明な粘液が糸を引き、今にも泣き出しそうな風情である。

……この人、私のこと好きなんだわ。私の体がスッゴく欲しいみたい……。ああ、よかった！　これで一安心。ここまで来れば、あとはシメたもの。マリが秘かにほくそ笑む。この人を一生忘れられない夢幻の世界にご案内してあげるから待ってなさい……。

五月の連休、気の合った仲間四人で市内から四時間の出海町へ磯釣りに出かけた。ここは海釣りのメッカとして遠くは関西地区の釣りファンにまで知れ渡り、年間を通して大勢のマニアでにぎわっていた。人口七、〇〇〇人程度のこの町は典型的な漁業町で、町民のほとんどが何らかの形で海の仕事に関わっていた。ことに遠洋漁業が盛んで働き盛りの男は一年のうちの大半を荒海で過ごす、というふうだった。だから、あそこへ行けば男に飢えた人妻がウヨウヨいて、選りどり見どりヤリ放題だ、との噂が釣り仲間の間ではもっぱらであった。

それを伝え聞いた年男ら四人がさっそく計画を組んだのである。この中で釣りの経験があるのは二人だけ。あとの二人はせいぜいフナ釣りがいいところ。ハナっから陸釣りが目的なのだ。しかしそれは彼らばかりではない。磯釣りに行く、と家を出て日がな一日中女の尻を追い回し、帰り道そこらへんの生け簀で二、三尾適当に魚を買い求め何喰わぬ顔して帰るのが、このヤカラには常套手段になっていた。知識不足から川魚を持って帰ってチョンバレ、という間抜けもいるにはいたが……。

いずれ劣らぬ女好きの四人だけに、長時間の車中での話題はもっぱらヤッた自慢話。四人合わせて犯した女の数は話半分にしてもざっと四五〇人にもなるのには一同驚いた。それでも、もう飽きた……というのが一人もいないのだ。実に空恐ろしい。

が、四人の好きモノの経験を総合すると中国の性愛テーゼ「一上、二饅、三蛤、……九下、十臭」は紛れのない真理であることがはっきりした。誰もが下ツキと臭いのはあかん、と断言する。一位から三位までを合わせると、男にとって見た目がいかに重要か。そして見た目よければすべてよし。形のいい桃は必ずうまいのと酷似していて何ともおもしろい。

四十一歳の島本が言った。女はヤル前に風呂に入れると味が落ちると……。だから彼は絶対に身体を洗わせずに、ことにかかるんだそうな。そりゃ、臭いには臭い。中には鼻をそむけたくなるようなのもいるが、その体臭が堪えられないんだという。

こりゃ、参ったナ……座が白け、自慢話は中座した。

山田が提案した。出海町にスナックが三店ある。その中の「びんび」という店のママ、マリはガードが堅くてこれまで数多の色男が寄ってたかって攻めたが落ちた試しがない。そこでこのママを四人のうち誰が落とすか賭けよう……というのだ。期限は三泊四日の間。賞品は今回に要する一人当たりの費用二万円、今でいえば五万円にもなろうか……。よーし、乗った！　たかが田舎のママ一人。どうってこたぁないよ……と話は決まった。

この町には釣り客を案内する渡船業者が少なくても六〇人いて、太平洋に突き出た半島から二十分ほどのハエと呼ばれる釣り場に運ぶほか、エサや釣り道具――中には船宿も併せて商っていた。ハエの数は二人がやっとの小さいのから五人くらいまでのが一〇〇以上あり、季節や気温によって海底の棚が変化するためマニアはいち早く情報を入手して条件のよいハエを奪い合う。こうした不公平をなくすため各船頭は手前の湾に集結して船首を突き合わせ、それぞれのグループの代表にジャンケンをやらせてその日のハエを決めさせた。同じ金を取って運悪くニギるようなことでもあれば以降の商売にも響くとあって、どの船頭も釣り客以上に真剣そのもの。この場は一種小さな戦場の様相を呈するのである。

釣り客は予約した船宿に入り、襖を取っ放した大広間に数十人でザコ寝。夜は九時に消灯して朝は三時にメシを食って三時半に出航する。ハエに着いて小さな船から釣り道具を携帯して足場がきわめて悪いハエに飛び移るのは生死の境界線をまたぐに等しい危険をはらんでいた。これに失敗して生命を落としたり、肢をそぎ落とす客も少なくない。だから船頭は早寝させ、釣り客の体調の万全を図るのである。年男らのグループはこの日ジャンケン運に恵まれて「おっさん」と呼ばれるよいハエに上がれた。中くらいの石鯛五枚に大小のグレ四枚。大漁だった。

その夜四人の陸釣りが始まった。

山田は商店街で銭湯に向かう三十三歳の主婦に声をかけて話をつけ、男女湯に別れて入ると出口で落ち合いちゃっかりそのまま亭主が留守の家に転がり込んだ。臭いのが趣味の島本は雨戸を閉めているパーマ屋のおかみを手伝いながら、お茶を一杯所望し、ハイハイどうぞ……とそのまんま寝室へ直行。ゲトゲトに汚れたのを舐め回した。河本は集会所で竹馬に乗って遊んでいた三人の子供に、君たちの学校で一番若くてきれいなオナゴ先生は誰や？　と聞き、三十歳の女先生が学校の裏の下宿で一人暮らしだと知るや突撃した。放した犬が鎖にかからず手こずっているサセ盛りの先生に近づいて、犬好きの河本はこともなげに犬をつなぎ止めた。「あなたはイイ人よ、きっと……犬だけはごまかせないもの」……そのまま上がり込んで朝帰り。一晩中、一方的に攻められたと眼の下にクマをつくって愚痴っていた。

年男は例のスナックママ、マリ一本に焦点を絞った。船頭から大ぶりの鰆を買い込むと、それを引っ下げて店に向かった。六十歳がらみの二人の客を送り出して電飾のスイッチを切ったばかりのママが「スイマセン、看板なんだけど……」と薄明かりの中で言う。「これ、ママさんと食おうと思って……」——後ろ手にしていた鰆をかざすと、ママは小走りに近寄ってきた。「スッゴいね、これ……！　ここらへんでもこれだけのモノ、あまりお目にかかれないないわ！」と眼を丸くする。

何もお出しできないけど、どうぞ——。魚を気に入ったのか、年男が気に入られたのかわからないが快く招き入れられた。

漁網を張り巡らしガラス製の浮きをぶら下げて小ぢんまりした店内のカウンター席に年男を座らせ、手早くタコ酢とイカ刺しを並べストレートのウイスキーを出して、お魚、料理しようか？　と聞く。料理したいのはママさんのその体。魚なんぞに興味はない。……うぅん、これを落とせば二万円か……噂通りのイイ女だ。ムッチリ肌が白くて胸がデカい。

カウンターに隠れて下半身は見えぬがこれならイイに決まっている。小さな丸顔にちょっと奥眼は厳しそうだが、全体重を乗っけて揺らしたらその感触たるや……？　マリはマリで真剣に年男を観察していた。……ここらには珍しいイイ男。清潔感があって眼がきれいで、淡泊な性格が自分好みだが、この男は理想そのもの。今夜はヤッちゃうから！

「お魚の臭い……それにエサ臭いわ。お風呂まだなんでしょう？　奥がアタシの住家なの。よかったら……」ときた。女が風呂を勧めだしたら、ヤって、ということ。待てよ……ちょっと拍子抜けだナ。

仕切戸を開けて奥の間へ。馴れない船酔いと三杯のウイスキーで足が心許ない。肩につかまるとママの骨格が意外とたくましい。寄りつきの畳にもつれ込むと年男がすかさずマリの口を吸う。すると、唾っぽいザラっとしたマリの舌が差し込まれ圧倒される。その肉厚なモノもさることながら、口内の隅々までもかき回す微妙な動きにクラ、クラッ、とききた。本能的に腿に手を送ると、マリはそれを遮って胸の隆起をあてがった。それは小娘のように固くて、乳豆が極端に小さい。彼女は身体をずらして明かりを消すと、年男をかたわらのちゃぶ台に抱きつかせ、後ろから尻を割った。ぶらっとした袋を自慢の舌で突き上げ、続けて……玉を一つ一つていねいに口に含んで弄ぶ。皮をくわえて引き下げられると竿の表皮が引っ張られてすごい快感だ。年男のヨガリを窺いながら、じらすように竿に移る。強くしゃくっておいて優しく包み、スピッツの舌のようにザラザラで舐め回す……これをイヤというほど反復されると、さすがのゴールデンバットといえども限界が……。ママッ、やろうよ!……年男がわめく。

「ヤリたい?　アタシのこと……好き?　じゃぁ行くわよ」……何を思ったかマリはそう念を押して自分のスカートを下着ごしにずり下ろすと、もう一度年男の袋を舐め、続けて黄門にたっぷりの唾を垂らして舐め回す。ちょっと間があって……舌であろうか?　少し小固いのが締まったホールを突く……。ちょっとタ・ン・マ！　ママの腕が年男の腰に回り、小さく引きつけられると尻の窪みに激痛が走った。瞬時の出来事である。ヤラれた！と思う間もなく物凄い力でグ、グッ……ときた。マリはありったけの力を込めて年男を背後から押しつぶし、右腕でちゃぶ台の脚を掴んで左手は腰を抱き寄せる。

「ダメよ！　もう逃げられないわ。力なら貴男に負けないもの。ねェ、女のアソコばっかりが能じゃないのよ。愛し合っていればこんなやり方もあるの……」――愛してなんかいるものか！　腸口が切れるように痛い。グ、グッ、と抉れ込んだ肉棒がズキン、ズキンと脈打つ。「やさしくするから大丈夫よ」――二、三回しゃくられると思わず便意を催した。

情けない！　生娘が強姦されるとはこんなことなのか。犯される……という恐怖にも増して不本意な相手に汚される口惜しさに耐えられぬ。……とすれば、これまで単に自己欲だけのために犯してきた生娘数十人。彼女らの心身の傷はとてつもなく深いものであったに相違ない。これは罪滅ぼしなのか。このマリは彼女らの化身なのかもしれない。

「うれしいッ！　サイコーよッ、ア、ァ、ァ……あなたッ！」自分と同じモノが腸壁の奥深いところで大きく脈打った。

マリは一息つく間もなくひざまずくと年男の股間に頭を突っ込み、戸惑いのあまり身を縮めた同類をくわえ込んで狂ったように呑み込んでは吐き出す。たった今、自分が吐き込んだ窪みに舌を差して震わせながら両手をうまく使って愛撫する。仰向かせると自慢のバストにたっぷりの唾をまぶし、半ば立ちを挟み込んで前後に揺する。……薄明かりのマリはまさしく女。ウレシイ！　幸せよッ……感極まった悶え声。本当の女でもここまでは尽くすまい。年男のモノは不本意にも硬度を増した。

「ねェ、ナニして欲しい？　ねぇ何でもしてあげる。言ってよ。お口がイイ？　ウシロがイイ？」えーい、ままよ！　年男は背後を取った。肉付きのよい柔らかくて丸いヒップ。……差す。ズ、ズ、ズ……奥が深い。中ほどまで入れると、あッ、というほど強烈な締め付けがきた。「突いて！　突くのよッ！　壊してイイの！」――復讐？　それとも好奇心。あるいは正味の欲情だったたか。無我夢中で突いた……。発射が近づくとマリは自分からハズして口をあてがった。根元どころか恥毛までも呑み込んで喉を締める。一吐きするとゴクッと飲んで、ザラ目の舌で裏筋を舐め一気に吸った。頭がちぎれるほどの吸引力に一滴残さず吐き切った。マリは口を拭ってから、脱ぎ捨てた衣服で年男が幻滅するであろう下半身を隠して風呂場に立ち、蒸しタオルで愛しい男の全身を拭いながらしみじみ言うのだった。

「ワタシは女なの。誰が何と言おうと……好きな男の人に尽くす気持ちはどんな女にだって負けない。でも……幸か不幸かワギナがないわ。それに……まだ射精が捨て切れないの。仲間は両刀遣いって軽蔑するけど、女性なんて大っ嫌い！」

横浜生まれのマリは物心ついてからこのかたライバルは女だったという。だから女との経験はなく、十九歳になって男を愛しオカマの世界にのめり込んだ。二十二歳で専門のバーに働きに出て豊胸手術を受け、同時に男根切除を志したが、クリスチャンの医者に諭されて未遂に終わった。それによって心身とも中途半端になり、受け入れてくれる相手に恵まれず身も心も半端な自分が惨めったらしくて手首を切った。救急車で運び込まれた病院の隣のベッドにいたのがここ出海町の船頭さんで、気が向いたら遊びにおいでと言われたことがきっかけでここに流れ着いたという。これまで言い寄る男は星の数にも等しいが、いざことに及ぶと打ちそろって軽蔑して背を向けた。女遊びにタケて、同性愛者の心の襞を包み込んでくれる男でないと愛は成就しないことを知り、本能的にそんな相手を見きわめる術を身につけたという。うぅーん、そうか！　とすれば自分は男の中の男。それに名うての女たらし……ということか。この屈辱もいくらか救われたが、二五〇人を超す女体を揺らした〝豪〟の者がことも あろうに男と女を間違えた……などと言えようか。マリのやつ、数多の女性の無念の化身であったのだろうか……尻の痛みが問いかけた。

In第12ホール　骨相学の真偽

「みなさま、本日は瀬戸高速フェリーにご乗船いただきまして、誠にありがとうございます。高松港到着時間は約一時間後の二十一時を予定致しております。どうかみなさま、この客室でごゆっくりおくつろぎくださいませ……」

ライトブルーのブレザーに真っ白のスカート。濃紺のネッカチーフがよく映えている。白のハイヒールをはき、ツバの小さな丸っこい帽子が可愛い。――高松港と対岸の宇野港を結ぶフェリーボート。一、〇〇〇トンクラスの豪華船で、トラック二〇台に普通乗用車三〇台が積載でき、毎日二十四時間、四十分間隔で就航していた。客室乗務員はこの船の花形で、若い女性にとって憧れの職場であったから、採用条件も短大卒以上の学歴で容姿端麗、身長一六〇センチ以上で美声であること……と厳しかった。

売店のかたわらに立ち、白い手袋の両手でマイクを包み込むようにしてアナウンスしている向井道代は、地元の明宝短大を出て高校時分から決めていたこの仕事に就いたのが二年前。いざやってみると立ちずくめの仕事は結構きつく、二日のうち一度は夜間勤務があるなどこのところ心身共に滅入っていた。仕事のことばかりではない。結婚相手として真剣に見初め、深い関係を保っている恋人に同僚で一年後輩の光子が割り込んできて、自分たちの関係がぎくしゃくし始めたのである。

女にとって仕事は腰掛けだ……とはよくいわれるが、事実何人かの異性を渡り歩いて疲れ、たまたま良い相手ができると二人の世界だけしか見えず、それまで情熱を傾けてきた仕事が無意味に思えてくるもののようだ。一種のゲーム感覚で複数の男と付き合っている間はそれが楽しくて、結婚などは他人のやることだ、と思う。それがセックス主導から恋心が芽生えてくるとゴールインにまっしぐら。この道代もこうした過程をたどり、今の相手と結婚できるものと信じていた。

乗務員は客室で客との私語を禁じられており、アナウンスを済ますと売店の勤務につく。美人でスタイル抜群の女が限られたスペースにいれば、いやが上にも男の眼を引く。コーヒーを何杯もおかわりしてクドくチャンスを窺うが、うまく運ばない。唯一のチャンスは着岸二十分前に各テーブルを片付けに回ってきたときだ。男どもはここぞとばかり色々な手を使ってチョッカイを出すが、乗務員も心得ていて笑ってごまかしてしまう。

道代が前頭部の席に座っている年男のところに回ってきた。事務的にテーブルを拭きながら手早くメモを渡す。年男も気づかれぬように受け取って胸のポケットにしまう。メモの内容はわかっていた。車に戻って確かめると「いつものところで待ってます」と書いてある。もはや見飽きた毎度おなじみのメモであった。ワケがあってこの二週間、居留守を使って道代を避けてきたが、飛び乗ったら偶然彼女の船だった。一時間の乗船中、全身を眺め回してクドき落とそうと必死の男たちがいると思えば、年男のごとくこんないい女に背を向けようとしている男もいるから世はさまざまだ。

年男は言われた通り、目と鼻の先にあるリバーサイドホテル一階のバーのいつもの席に座り、ビールを抜いて道代を待った。さて、どう話を切り出すべきか思案に暮れた。

西日本精油の本社営業部次長として采配を振るうかたわら、四国支店の管轄責任者として順調に二年が過ぎたころ、大口の不良債権が続発してこのところ毎日のようにこの支店の管理に追われていた。自分が指名した明石支店長の開発能力は抜群だったが財務面がラフで、顧客管理にミスが出た。原料を納入しているポリエステル合板会社と浄化槽生産会社が相次いで倒産し、一億円近い不渡りを出したのである。合板会社の方は工場の土地建物の半分を銀行と分け合い、一番抵当を設定しており、地価が高い分精算可能だったが、もう一つの方は機械設備など動産担保にとどまり、回収の見込みは薄かった。が、年男は諦めなかった。全員を動員してめぼしい資産の調査を命じ、関連先を洗ううち登記上役員になっている社長の妻名義の梨畑二反に目をつけた。国道に面しており、二キロ先まで宅地開発が進んでいて資産価値は十分あった。直ちに仮差し押さえをかけ保全に成功した。——こうしていずれも債権に見合う不動産は確保できたものの資金ショートをきたし、本社役員の攻撃の的となった。そのうち合板メーカーに動きが出た。大手の同業者が肩代わりして再建することが決まり、三カ月後に売掛債権が全額回収できたのである。

一方では顧客の開発を進め、岡山県宇野市の釣り竿メーカー京都ロッドへのポリエステル樹脂納入話に取り組んでいた。樹脂竿は竹竿に代わる新商品として脚光を浴び、この会社はトップメーカーとして日の出の勢いで、樹脂原料の消費量は絶大であった。年男は高松市内のクラブでこの会社の田上専務と知り合い、大ネタを掴んだ。相互の研究技術者間でやりとりするうち、西日本精油の樹脂は成型工程で気泡が出ないことが証明され、急転直下商談が好転したのである。

そんなことでこのフェリーを頻繁に利用するうち乗務員の道代と一年後輩にあたる光子

らと顔なじみになった。

　お盆前後で混雑する高松港側のフェリー乗り場のレストランで食事をしていると制服姿の道代が光子と二人で入ってきた。

「こちら、よろしいでしょうか？」と二人掛けの席にいる年男を窺い、かたわらの椅子を足して座る。そのうち……。

「光子ちゃん、早く行った方がいいわよ。遅れるほど身体に悪いっていうから……」

「でも……勇気がなくて……それに誓約書も要るっていうし……」と小声でヒソヒソ話をしている。

「話に割り込んで失礼だけど、どっちの方面の病院ですか？　もしかしてお手伝いできるかも……」年男がチョッカイを出すと二人はまさか聞かれているとは思わないから、ハッと両手で口を押さえて互いの顔を見合わせた。

「ぶしつけですが、婦人科の方じゃ？」ハナっから見当がついているので追い打ちをかけたら、道代の方が白状した。光子は急いで手術をしないといけないが、事情があって相手の男には相談できない、と言う。お節介といえばその通りだが、結局年男がご同輩の不始末を解決することになり、すでに三回もこうした女性を連れていったことのある産婦人科で手術を受けさせた。

初めて道代をこのリバーホテルに連れてきたとき、「お一人……なんでしょう?」と確認された。「ふ、うん、そうだよ」と嘘をついた。話が込み入ってきたら正直に言おうとの魂胆である。「道代さんは初めて?」意地悪く聞くと——。

「さあ、どうでしょう」と眼を泳がせる。もうとっくに終わっているようだ。

どうせ遊ぶのなら光子の方がいい、と年男は最初から考えていた。いずれ劣らぬ容姿であり美貌であったが、体や顔や性格をヌキにした女性自身の優劣においてである。昔の遊び人は女は肌がすべてだ、と言った。付け加えるなら骨細で小股が切れ上がって、おチョボ口がいい……と。時代とともに評価が変わるとも思えないが、いい加減なことも多い。たとえばおチョボ口。必ずしも小さいからよく締まるとは言い切れず、大口のキンチャクや骨太のタコも多いのだ。年男の場合、自分の経験から真っ先に眼をつける部位があった。耳である。耳溝の切れ込みが細いのは必ずといっていいほど膣壁が狭く、切れ目が長いと奥が深い。そして正面から見てその角度が上向きなら上ツキ。下向きなら下ツキと相場が決まっている。後に骨相学をかじってみたら、ちゃんとそれが裏付けされていたのには驚いた。女性の秘部の断面が耳の形だというのだ。さらにスッキリした耳は福を呼ぶらしい。

余談ではあるが、卑近な例でいうとおばさんでは石川さゆり、若手では坂本冬美。この二人は日本女性には珍しくいい耳をしている。それに引きかえ、すでに世を去った天下の歌姫や、舞台では気のいくような陶酔感が魅力の藤あや子……期せずして男運が悪い。そしてこちらのお二人に共通しているのはまさしく、だらしない耳ではないか。

……道代は後者に属しており、対する光子のそれは上向きで、ツマ楊枝一本通すにもハバかられるほど狭い。うまく使えば男を狂わすほどの性能を蓄えているはずである。

息せき切って道代が来た。どちらからとはなく腰を上げ、ホテルの部屋に向かう。七階までのエレベーターの中で、ねぇ、デキちゃったみたい……と言い、年男の手を腹に引き寄せ、生理の予定日を四〇日も過ぎている、と言う。とすればもはや三カ月を過ぎていることになる。待てよ！　年男は頭の中にカレンダーを思い描き素早く計算する。初めて交わったのが二カ月前……計算が合わない。

部屋に入るなり道代が抱きついてきたが、その気が起こらない。道代は問題を抱えているから年男へのサービスに徹底した。たった今制服から着替えたばかりのワンピースを脱ぎ捨て、下着だけになると突っ立っている年男の足元にひざまずいて股間をまさぐった。いつになく鈍い硬さに意表を突かれたか、まだだらしなくコウベを垂れている魔物をくわえ、腰を抱いて前後する。

年男は習慣に従いブラジャーをはずし大ぶりの乳をワシ掴んだ。必死にしゃぶる頭越しに細い腰から急に張りつめた真っ白いヒップが小刻みに揺れている。こうしたときとバックで差したときの眺めは傑作の芸術品にも匹敵するほど美しい。瞬く間に年男の竿が伸びて膨らんだ。もはや道代の口が持て余す。憑かれたようにしゃくるのを床の上に仰向かせたら、形のいい長い長い脚がベージュのカーペットに映え、ぞくっとするほど美しい。うっすらと恥毛が浮き出たスキャンティに手を掛けると、「シャワーしてないの」と、しとどに濡れた秘所が気になるのか、それを男がことのほか喜ぶものとも知らず、反転して拭う。

女はナマがいい。洗うと味が落ちる……という友達がいる。成り行き上、こうなったら試してみよう。この女とはこれが最後と心に決め、そこらへんのモデルといえども及ぶまい、ビーナスの石膏から取り出したような体を改めてまさぐった。枝振りのよい木には良質の実がなるという。非の打ち所がない女体にもまた良質のモノが備わっているはずなのに、この道代には当てはまらない。口が広く奥が浅くて、その上樹液が極端に多いものだから中途半端で満たされない。だから攻め甲斐がなく、どちらかというと粗チン向きだが、この道代には並の女にできない奥の手があった。

スラッとした肢を割り、年男を迎え入れるとすぐさま直伸する。頭の部分だけをくわえ、恥丘越しに花芯を刺激するのが好みの体位で、腰を前後左右に揺すると……すぐさま快感がやってくる。深くはないが相手が動けばその度ごとにえんえんと続く。――道代の一人芝居が始まった。両手で胸を抱いて揉みしだき、イヤイヤをするみたいに頭を狂ったように振っている。……フィニッシュの頃合いがきた。年男が背後に回り込む。腰を抱くや二つ目の窪みに突き刺した。ヒィッ――。

小さな悲鳴を残して年男の怒張が根元まで消えた。ゆっくり、ゆったり抜き差しするうち、道代の嗚咽が急を告げる。年男はここぞとばかり一気に吐いた。表裏の洞穴はチューインガムで作った風船ほどの膜一重。表が浅い分、裏のワギナで達する道代。この奥技はたぶん後輩の光子のいう、道代が付き合っている別のヤクザ風の男が仕込んだに違いない。

お互いに腹にイチモツを持ってシャワールームへ。「ねぇ、生ませてくれる？　いいでしょう……？」「ふ、うぅん、それもいいけど誰のかわからん子、生んでも仕方ないだろうに」「……？」「光子に聞いたんだが、池本って男、どう言ってんだ？」――道代の表情が一変した。ジャバッ、とバスタブから立ち上がり、体を拭きながら「赤ちゃんのこと、嘘よ。貴男のこと試してみただけ」と言いざま、部屋に取って返し着衣を始めた。コンパクトを覗きながら言い放った。

「言っとくけど、ご執心の光子だって二人の男友達とヤッてるのよ。だから三人とも同じ穴のナンとかよネ。まぁ、せいぜいお気をつけ遊ばせ！」捨て台詞を残して消えた。

その光子とは一年にわたってずっと逢瀬をつないだ。美顔、美体、美○……骨相学通りの最高の女は二年後、年男とダブって付き合っていた男と結婚した、と風の便りに聞いた。

世の男どもを惑わす客室乗務員……颯爽とした制服の下の小舟は年男と同類の男たちに竿差されて、今日も瀬戸の海を漂っているのだろうか？

Ｉｎ第13ホール　初・狂・い

「あたし、タバコも吸うし、酒飲みだし……男の人だって数え切れないわ。だから年男さんには不似合いな女なの……」

高知市内飛手町のパブのカウンター。大峰洋子が飲み干したスクリュードライバーのグラスをカラカラと音を立てて振り、ふしだらっぽくいきがって言う。今のうちに別れましょう、といっているのだ。年男も年男だ。友達の彼女を横取りして、その彼がすでに所帯持ちであることをバラしているとも知らず、未婚だと嘘をついて一緒になろう……と言っているのだ。

高知女子大学を卒業後、管理栄養士として斗南病院に勤めている洋子と知り合うキッカケをつくったのは、大阪の化粧合板メーカーのセールス中村というプレイボーイである。彼と年男は顧客が同じで行く先々で出くわすうちに知り合った。類は類を呼ぶというが、まさしくこの二人は同類で、申し合わせたような女好きだった。ただ性格的には中村は短気でヤルだけが目的みたいなドライな面があり、年男にはある程度相手を思いやる優しさがあったが、最終的には女房や子供を持ちながら女と見れば言い寄るあたり、その人間性においてほとんど差はなかったのである。

この中村が凄くイイ女を見つけたぞ、顔を拝ませるからついてこい……と眼を輝かせて言う。面食いの彼のことだからさぞかし美人なんだろうと推察できたが、その当時年男は喫茶店の女給に夢中だったからうわの空で聞き流した。

出張日程があと二日となった日の午後、得意先の若い衆にせっつかれて市内のボーリング場に行ったら、中村がくだんの女大峰洋子と二人でボーリングに興じていた。近寄ってみるなり年男は全身がゾクッ、ゾクッ、として思わず眼を瞠った。

誰でも一度は運命的な出会いというものがあるものだ。大げさにいうなら「自分が求めていたのはこの女だ！」と思った。そして、もし深入りするようなことでもあれば到底抜け出せまい、と……。

惚れて一緒に連れ添った妻がいるではないか、三〇〇人近い女をタラしていまさらどうした……人はいう。自責の念も人一倍。しかし違うのだ。どこがどう、と理路整然とは説明しがたいが、家庭や子供――それはそれとして別の女に恋をしてしまう。男のロマン？……これじゃ説明にならないナ。デパートで最良だと思って買って、別の売場をのぞくともう一段階上の好みの商品が目に付いた。そして、またそれを買ってしまう。時と場合によって両方着分ければいいや……と。

きわめて短絡的だが、かくも単純で、そのときの心境は、将来それに起因して発生するであろう大問題などカケラもない……というふうだ。そうした相手に出逢ったら仲良くなりたい……好かれたい……独占したい……ワレと我が身がただそれだけに支配されて周りが見えなくなってしまう。……やはり、つまるところ、オスとして生まれ持ったロマンなのか。……どう理論づけようが許されることではない。

翌日の夕刻、ホテルに洋子から電話が入った。中村が昨夜帰阪したことを告げると、白川さんは今何してるんですか？　と聞いた。一階の喫茶店にいる、と言うと思いがけない返事が返ってきた。今からそちらに行ってもいいか、というのだ。年男は耳を疑った。あなたがここに来るのか？　ともう一度確かめると、迷惑でなければ……と言う。

年男は立ち上がっては座り、座っては立ち上がる。コーヒー碗をガチャつかせ、タバコのフィルターに火をつけ、貧乏ゆすりが止まらない。まるで少年が初めて憧れの女性に逢うみたいに、初々しいのが自分にもわかって気色悪い。

三十分もすると洋子はやってきた。南国高知の三月は暖かいとはいえ、淡いピンクのニットセーターにグレーのミニスカート。黒のパンプスに同色のハンドバッグという出で立ちで、椅子に座るなり――。

「ゴメンネ……中村さんのこと知ってて来ちゃった。変な女の子って思わないでネ……」ともじもじする。

コーヒーを勧めると首を横に振って制し、「今、お城の桜、きれいなのよ。よかったらご案内したいと思って……」と窺う。年男はほっとした。単に部屋に連れ込むだけならワケはない。が、この人は違う。セックスなどどうでもいい。それを抜きにして好かれたい。

お堀の石橋を渡ると老木の桜が八分咲き。ぼんぼり提灯に映えて花びらのピンクが一段と濃い。大勢の見物客に混じって大手門をくぐって石段を登ると、ビルに遮られていた夜景が眼に飛び込んできた。鏡川が暗くよどんで、きらめく市街を真っ二つに分割している。ベンチに座った洋子がまだまだ夜は寒いわネ、とセーターの襟元を引き寄せた。年男は背広の上衣を脱いで羽織らせる。これまでの年男ならここで肩を抱き有無をいわせずねじ伏せるのだが、どうしたことか身体が固まって手が出せない。大事にしたい……その思いだけが胸の内に広がっている。とてもキザだし、受け取り方によってはイヤ味なことを思い切って口にした。

「もう、ずっと以前からこうしてお付き合いしてるような気がして……ボーリング場でも、それに今も……。こんなことって、今までなかったんで戸惑っています……」

言い終わるのを待たず、洋子は立ち上がって年男に腕をからめ、「うれしい！　あたしも今、おんなじこと言いたくて……でも勇気がなくって……」と言った。

こうして間近で見ると黒目がちで人なつっこい。くるくるよく動いて快活なのに、ときおり相手にすがるような愁眉がいとおしい。厚めの唇の両端が少しめくれ上がり、はにかむとエもいわれぬ色気が漂う。ひょんな拍子に長い眉を漢字の八の字にして問いかける表情がたまらない。きれいで、可愛くて、理知に溢れた、そんな魅力をふりまいていた。

人もまばらになった堀橋にかかると、洋子は羽織っていた背広を脱いで、どうも、と言った。お宅はどこですか？　と聞くと、中津町です、と言う。年男が大学時代を過ごした思い出の界隈である。いったんタクシーでホテルに引き返し、車に乗り換え電車道と並行した街並を突っ走る。母と二人暮らしなので帰宅時間が気になる、と言った。着いて車を止めると助手席のドアを開け、何も言わない相手に「ナニか言って……」と振り返る。土曜の明日十二時に斗南病院に迎えに行くことを約して別れた。

勤務を終えた洋子を乗せて土佐堀通り、高知大丸脇の皿鉢料理店土佐司へ。洋子はあまり料理は食べず酒を好んだ。酒飲みコンクールやドロメ酒、飲み干さないとテーブルにおけないオチョコなど、土佐は本来酒どころ。だから土佐鶴など銘酒も多く味もいい。店を出ると思いつくまま、はす向かいの洋画劇場に入った。モンゴメリー・クリフトの「終着駅」のラストシーン——よれよれのレインコートを引きずったモンゴメリーが恋人を追って夜汽車の窓から窓へ駆けめぐる。女はそれを知りながら声をかけて抱かれたいのをこらえ、マフラーを深めに覆って避けるという場面だった。パァッと場内が明るくなると「高校三年のときに観てから二回目よ」と洋子が言う。年男は高校一年生のときから数えて三回目だった。

次の映画が始まると洋子は年男の手を握りしめ、その手は瞬く間に汗ばんだ。それは年男の方の汗だったかもしれない。

ホテルに帰り、ドアを後ろ手に締めると洋子が抱きついてきた。ウゥウッ……とくぐんだ声を発し、女とは思えないほどの力を込める。年男は痛いほど舌を吸って離さない恋人を抱き上げベッドに移す。夢中でミニスカの上から恥丘をさすると「ゴメンなさい……」と手を制した。厄日であることが察せられた。このころのナプキンは現代と異なって大ぶりでがさついていたからだ。

二人はベッドの上で抱き合い、眼を見つめ合っては唇を合わせた。そのうち……腿をゴツゴツ突き通す年男を不憫に思ったのか、洋子はシャワーに立ち、バスタオル姿で押し入れからシーツを抱えてきてベッドに敷いた。年男はキチッ、と締めた豊満な腿を割り、恥じらう洋子に突き刺した。愛液は厄液の量に負けてキシっている。二、三回往復すると急に滑りが増し、聞き馴れた淫音が欲情を高める。洋子は微動だにしない。上向きに突くと、うぉッ……おとがいを突き上げ、両手で顔を覆い肢を突っ張って静止した。本来なら自分から動いて貪るのだろうが、心のどこかに理性があって、ごく控え目でいようとしているのが手に取るようにわかる。本当に好きな男には初っぱなから乱れることはしないし、男もまた本性を押さえるもののようだ。

年の瀬が押し迫り、ことのほか寒い大晦日。年男はサンゴでこさえた鯉を形どったネクタイピンをプレゼントされた。徳島へ向かう車の中で年男の胸につけながら、「年男さん……これ、一生こうして、わたし、見続けられるかしら……？」と言った。

……かしら？——洋子には不安があったのだ。今から僕の家へ行こう、と言って向かう先……そこには最悪な事態が待ち受けているはずなのだ。到底隠しおおせない妻子のいる事実。それでもなお極限まで自分を泣かせまいとする苦しい胸の内がひしひしと伝わってくる。それはもはやだますとか弄ばれるといった薄っぺらなものではなく、切羽詰まった男の究極の愛だ、と思いたい。だまされていることを知りながら、それを相殺してもなおあまりある自分への愛の深さを知った今、どこまでもこの人についていく、一緒に死ねるものなら今すぐにでも……と思う。高知を抜けて大歩危、小歩危、お互い楽しくて話は尽きない。池田町を通り抜けて猪ノ鼻峠へ。夜半から降り出した雪が険しい峠道を阻む。タイヤチェーンを巻いていないトヨペットコロナが深い崖にさしかかった。

対向車のライトに目がくらんだ。ズル……ズルー、と車体が狭い路肩へと横滑る。急ブレーキをかけると後部がフレた。もはや大きな声を出しただけでも車は倒れるだろう。上向きに照らしたライトの先には綿帽子をかぶせたような雪の雑木が冷徹に見下している。天秤棒に乗った生死の棺桶の中で、それでも洋子はまだ状況が十分つかめていない。年男は腹をくくった。妻が、まだ幼い二人の娘が、明ける新年に胸躍らせて父親の帰りを待っているに違いない。……が、もう帰れない……。

「洋子さん！　今なら死ねる……あなたを抱けば……僕が動けば二〇〇メートル真っ逆さまなんだ。ごめん……嘘ついて、い……」――洋子が年男の口を押さえて言った。

「わかった！　一緒に行く……わたしも！　こんなに愛されてもう思い残すこと、何もない。苦しかったでしょう……？　ごめんなさい……」

泣いてすがったと同時に車体がでんぐり返った。晶子ッ、と言ったか、洋子ッ、と呼んだか定かでない。数回転して車は木にぶち当たって止まったようだ。後部座席の間にうずくまって、おびただしい雪をかぶった洋子が血に染めた手を差しのべてきた。そうしてきわめて冷静にこう言った。「死ねなかった……わたしたち、縁があるのかナ？　これからはもっといいお付き合いしましょうね」

それから一カ月経った辺りから洋子は逢うごとに荒れた。無理してタバコをふかし、深酒しては年男にからむ。無理してかまってくれる年男が重荷だ、というようなことを繰り返し、あのとき死んでればよかったとわめき散らす。それは年男も同じだった。まさしく今の自分は終着駅のない汽車に乗ってるのだ。次で降りようか……その次にしようか。

年男は高知への出張を止め、部下に委ねた。そして一心不乱に仕事に打ち込んで洋子への未練心を断ち切ろうとした。つらい別れは相手と距離をおくこと……女との決別にはこれをおいて良薬はないのだ……。

翌年の夏、洋子から暑中見舞いの葉書が来た。一週間前はりまや橋のたもとであなたの車を見かけ急に逢いたくなった……と書いてある。営業マンを見かけたのだろう。今も心の中で自分を思い続けてくれている様子が伝わって嬉しかった。

半年くらいして部下に同行して高知入りしたとき、斗南病院にかけようと電話を三回取ったが、そのつど洋子が出る前に受話器を置いてしまった。今も相手にあの熱い思いがたぎっているか自信がなかった。

帰り道、高知県境の峠を降りたところで思い切って電話をかけた。

「ねぇ、年男さん、最後の最後までわたしの気持ち、わからないままネ。もう一度、死んでもいい、って待ってるのに……」

そして、ピンクの電話も、分別盛りの男が生死を賭けて愛した女との関係も、ここでぷっつりと切れた。

Ｉｎ第14ホール　タイガースのグローブ

真夏の昼下がり。岡山後楽園近くのモーテルで三十四歳の男が年甲斐もなく十九歳になったばかりの娘を素っ裸にして、汗ばんだ体をいじっている。

「こことここ、どっちがいい？」「そっち……の方……」

「……なら、こうするんとこうやるんと、どっちが感じる？」「……」

「そう、ここだナ？　これでどうだ……？」「イヤッ、うあーーいいッ！　スッゴク、いい！」

何度も明かりを消そうとする女を制して、天井に映る自分たちの裸身をかいま見ながらさらに興奮度を上げよう、との魂胆がありありだ。胸を揉まれ、そして吸ったり舐めたりされるものの、男にこうされるのが未だ二人目の女にはどこがどうという快感はない。ところが花芯に指を当てられたり、ペロペロされるとツーン、ときて全身の力が抜けるみたいだ。

男は相当手慣れていて憎らしいほど女体の扱いがうまい。上半身にまだ熟れがきてないと知るや、腰から下への責めに転じる。それも敏感な個所ばかりは攻撃しないで、足の指からふくらはぎ……でんぐり返してヒップから腰回り……またひっくり返してジラしながら花芯へ。女も相手の唇が脚に集中している隙に天井を盗み見た。二人の体が驚くほどキレイ。胸を抱き大股を張った女……自分とは思えない。誰か別の女がヤラれてる……幻想と実感がごっちゃになって快感が脳下垂体をぶち抜ける。女の背中が冷え、汗がにじむと興奮は最高潮だ。頃合いがきた。男はイチモツを握らせ、首を抱いて半開いた口にすりつけた。女はキッ、と唇を結んで抗うが、もう一度切っ先で唇を小突かれると頭半分くわえた。

男が小腰を使うと歯が開き、ズ、ズ、ズッ、と半分ほど黒光りが消えた。男は腰を止めそのままの状態にしておいて、女の指を口に含み舌をからめて出し入れる。こうしろ……といっているのだ。女はイヤ、イヤをしながらもチョロ、チョロっと舌を這わせ始めた。男の手が股間へ伸びる。大柄で肉付きのよい恥丘を下り二本の指で陰肉をかき上げると、シュル、シュル、と迎え水が滴る。指を抜いて親指の背を蕾にあてがい、二本の指で溝を激しく擦ると、女は黒光りを吐き出してイイッ……！　眉間にしわを刻んで跳ねた……。一呼吸おいてもう一度黒光りした怒張を口にあてがい、素早く体を入れ替えると今度は鼻の頭で突起を転がし始めた。触れるか触れないかの間隔を保ち、顔を振ると女はまた怒張を口から抜いてわめく。男は意地悪くここでパッと顔を離し、女の快感を中途半端にしておいて四つん這いにさせ、腰を引き寄せパチッ、パチッ……と接点を鳴らして数十回。女はたまらずヤグラを崩しへなへなと床に這った。すかさず二の腿をまたいで突きながら女の右手を取り己が自身の花芯へ……やがて女の指先が微妙に動き出す。中途半端で止められた快感が倍になって返ってきたようだ。

あぁ……アァッ……激しくイッた。四肢の力が抜けた。男はまたもやでんぐり返し女のヘソのあたりにまたがるとダッチワイフのごとく艶やかなオッパイをかき寄せ、淫汁まみれのモノを挟むと顔に向かって滑らしては引いた。

ドドッ、とフィニッシュの濁液が女のアゴに命中し、三度四度とふくよかな首筋にまき散った……。

うら若いこの女にとって、手淫の力を借りたとはいえ陰交で達した初めての絶頂であった。

「白川年男ちゅうんはお主か。くそったれ！　よくも俺の妹可愛がってくれたな！　女房子供ある身でエエ度胸や。きっちりオトシマエつけてもらおうかい。今からそっち行くけん、首洗うて待っとれや！」

四国支店に入ったそのスジの恐ーい電話である。十九歳の美樹と関係を持って二カ月後のことであった。押し掛けて来られることだけは何とか避け、翌日の午後一時岡山市内の喫茶店に赴くことで許しを得た。

恐怖……動転……狼狽……山積みした仕事も手につかず、近所の喫茶店を三軒もハシゴして思案に暮れた。対応どころではなかった。家庭の崩壊――会社辞職――いいことは何も思い浮かばない。食せず一睡たりともできず苦悶の一夜が明けた。刻々と地獄のエンマと対面する時間が迫る。とりあえず瀬戸高速フェリーに飛び乗った。いつもの通りキレイな客室乗務員が笑顔をふりまいている。数カ月前まで交代で抱いていた道代や光子との情事の場面が途切れ途切れに去来する。今おかれた立場からすると夢のような楽しい日々であった……。

これという対応策も思いつかぬまま、宇野港接岸を告げるアナウンス……。

重い腰を上げ降り口に向かうかたわらに、母親に連れられた三歳くらいの男の子が阪神タイガースのおもちゃのグローブとバット、それにボールを大事そうに抱えて降りていくのが眼に止まった。

それを見て年男はこれだ！　と思った。美樹の姉と内縁の夫、岡崎大介の間には三歳くらいの男の子がいて、ヤクザの父親は賭博にぶち込む金はあってもオモチャ一つ買い与えることはせず……それにこの子には小児麻痺の残傷があり、かわいそうだと美樹が話していたことを思い出したのだ。

フェリーを降りるなり近くの天満屋デパートに直行して阪神タイガースの子供用の野球セットを買い、幼児が喜びそうな大ぶりなリボンを付けてもらった。

午後一時きっかり、指定された喫茶店におそるおそる入ると、人気のない空間に大山組岡山支部の若頭岡崎大介があぐらをかき、遠巻きに三人の若い衆がガードしていた。

「白川です……このたびはたいへんなことしでかしまして本当に申し訳ありませんでした。どうかお手柔らかにお願いいたします……」テーブルに頭をこすりつけんばかりに平伏する年男に――。

「すんだこたぁ、しゃぁない。一本でオトシマエつけたる。ええな！」と独特のだみ声で威圧する。一本……一〇万？　一〇〇万……それともまさか……？　預金通帳の残高が目まぐるしく頭の中を駆けめぐる。

「ただの一〇〇万や。生娘をエエようにいたぶっといて安いもんやろ？　丸がもういっちょう、そこらが相場やが見たところお主も一介のサラリーマン、これでコラエといたる」今の年男にとって厳しい結論が出された……。が、やむを得まい。これでケリがつけばよしとせねば……。「ええな！　これが美樹の口座や。一週間以内に入れとけ。ナメたらあかんで！」

念を押して立ち上がりざま、年男がさっきから大事そうに抱えている包みを一瞥して、そりゃ何や？　と聞いた。動転している年男はハッと我に返った。「お子さんがいらっしゃるとお聞きしました。これ、差し上げてください……」

手渡すと、ばりッと無遠慮に破って開く。と、もう一度座り直し、グローブを手にはめてボールを二度、三度投げうった。

「……白川、お前なかなか見込みあるやっちゃなぁ。美樹が惚れるんもしゃあない……よしっ、現ナマのことな、無理せんでもええ。あいつ、ダチ頼って年末大阪へ行く、いうとるけん、餞別一〇万ほどもやってくれたらそんでええ。なあ、お主も嫁はんやガキおるんやけん、これからアクドい遊びしたらあかんで。ほな、ご苦労はん」

若い衆に命じてベンツを駆り、宇野港まで送り届けられた。年男はフェリーに乗っても夢見ている思いだった。……が、無事に済んだとはいえ、己の不甲斐なさ、気弱さにほとほと愛想が尽きた。もうヤルまい、男のオモチャはほかにもある……三十四歳の決意であった。

ところが年男を襲った災いはこれだけにとどまらなかった。このころ自分が勤めている西日本精油株式会社に大異変が起こっていた。青年会議所と商工会議所の役員を兼任していた京大卒の社長森田量太郎が、数年前青年会議所の先進地視察で三カ月にわたってアメリカを訪問した際、アメリカはもとより全世界ネットで躍進を続けるマクドナルドの経営戦略に深い感銘を受けた。これで得たポリシーは「販売は生産を制する」ということだった。このワンマン社長はさっそく自社の販売部門を全国ネットに拡大し、商社形態に移行することに着手したのである。

真っ先に反対したのが取締役社長室長の笠井勇であった。彼は三大商社のエリートから引き抜かれてこの会社の経営陣に加わっただけに、流通業界を知り尽くし、経営全般にもたけた森田社長の懐刀であった。彼は再三にわたって次の三点を指摘して、もし敢行すれば会社の致命傷になる、と阻止のために仁王のごとく立ちはだかった。

一　我が社は比類なき生産技術を誇る原料メーカーであること。

二　価値ある商材は歴史と実績を持った先発の商社が独占しており、新規市場への参入には大きな犠牲を伴うこと。

三　全国に展開するために必要な組織の構築や人材確保に膨大な資金と時間を要し、仮に人材を外部に求めるとすれば、これまで培ってきたポリシーは空中分解して単なる烏合の衆と化し永続は望めないこと。

……概略はこういうものだった。

が、改革の意欲に燃える森田社長はこの笠井室長を役員から下ろし自分の信念を貫いたのである。六大都市に支店を開設し手当たり次第に高給をもって人材を引き抜いた。商材は範疇を問わず雑貨、食品、衣料……とあらゆる商品を手掛け、あたかも雑貨問屋の様相を呈した。二年も経つうちメインの原料で得た利益も社内留保金もすべてつぎ込み、これまで長年にわたって誇りとしてきた無借金経営も崩壊し、銀行に三拝九拝して高利息な資金を入れるという、典型的な自転車操業に暗転していったのである。それでも戦前、父親である先代社長が半官半民の松根油精製会社として起業して以来、挫折を知らない坊ちゃん社長は自分の夢を追い続けたため、メイン銀行が手を引く最悪の事態に陥った。いわゆるワンマン社長が苦言を呈する優秀なブレーンを遠ざけて、イエスマンだけを可愛がる伝統産業の弱点が、結局会社の息の根を止めたといえようか。

こうしてその年の暮れ地方裁判所で会社更生法の手続きをとるに至ったのである。その日のうちに本社はもとより全国各地の出先に固定、流動資産の保全命令が出され、当然四国支店にも及んだ。年男以下一六名は二十四時間体制で押し入ってくる債権者や暴力団に対抗して財産を死守した。それはもう醜い戦いを繰り広げる修羅場であった。

そんなある日の午後、頑丈に筋かいされたシャッターの隙間に白い紙切れが差し込まれた。美樹である。明日大阪へ立つのでお別れを言いに来た、という。義兄の一件が不本意だと泣いて謝り、もう一度抱いて……と何度もせっついた。今や器用に腰を振り……続けざまに昇りつめ……射精に合わせて自在に締め……年男をトリコにする美樹ではあるが、あまりにも危険なオモチャではある。可愛い美樹の背後で、ヤルならヤって見イ！　ドスを利かせている義兄の恐い顔が浮かぶ。

会社がおかしくなり己の生活が脅かされていれば、三度のメシより好きな女といえどもただのメスにしか映らないもののようだ。所詮年男も人の子なのである。

Ｉｎ第15ホール　お江戸・日本橋

「これで二〇回目……よネ？　お安くして一回一万円としても……あのお金、完済ってことね」

「……んなら、今後ご所望したらそのつど金が要る、ってことか……？」

「そう一万五、〇〇〇円でいいわ」

小田急線の登戸駅から市街を抜け雑木林の道をだらだらと登って下ったところ、専明大学の校庭の脇の大同商事の独身寮。土曜日の昼下がり、有機第一課の二十二歳の緒方ユキが二階の六畳間で下着をつけ化粧を直しながら年男にそう宣告した。

優良地場産業だった西日本精油株式会社が経営主の誤った舵取りによって倒産、会社更生法の適用を受け大手化成会社が再建を引き継いだが、当時四国支店の責任者を兼任していた年男は全国一八名の責任者とともに一年間精算管財人の指示下で残務整理に当たった。

その際最も信頼できる役員から大同商事四国支店の買掛債権七〇〇万円を手元の受取手形の中から支払ってくれるよう要請があった。……が、年男はためらった。背任横領罪になりかねず、そうなればこれからさき路頭に迷うことにもなろう。だが結局、この役員に念書を求め、それと引き替えに手形を回さざるを得なかった。大同商事の太田支店長がじきじきに年男を訪ね、「恩に着る。君の身の振り方については保証するから」と痛く感謝された。こうして完全に残務が終わり、幸い憂慮した手形の一件も問題にもならず年男は青天白日の身となった。ありがたいもので日本樹脂化学や商社などからスカウトが訪れよい待遇条件を提示されたが、そんな中でも大同商事の条件がダントツで、しかも東京本社で一年河原専務付として研修後四国支店勤務というのが魅力だった。

年男は妻晶子と五歳の長女、生まれたばかりの次女を徳島の実家に残し、単身で生まれて初めての東京に赴任することとなった。大都会を知らぬ者にとって東京の喧噪は想像以上であった。ちっとやそっとのことでは驚かない年男だったが、まず生活のスピードや川や林のないビル街に圧倒され、安閑とできる場所がない。野生の山猿がコンクリートの檻の中に閉じこめられたら、たぶんこんなやるせない気分になるであろう……と真実そう思った。

大同商事は日本橋に本社があり、全国二二カ所に支店を持つ一部上場の有機・無機化学原料商社である。広大な三フロアには二五〇人以上の社員がひしめき合い壮観ではあったが、各部署や個人個人の動きを見ていると何か余裕が感じられる。というか、財務面が豊かなせいか全体にオットリして見える。これまで小規模な職場で陣頭指揮しながらあくせく働いてきた年男にとっては、際立った違和感を覚えた。違和感といえば上司の河原専務をはじめ、回りの皆がおしなべて年男に気を遣っている気配が気になった。二カ月が経ってもこれといった仕事も与えられず、毎日ノートに丸描いてチョン……みたいな日を余儀なくされていた。寮の同僚の一人によると、白川は会社の不手際をフォローしてさる役員が特別に目をかけている人物だ――社内ではそうなっているという。それで読めた。せいぜい東京を楽しんで一年を過ごし、任地の高松へ帰ればよい、ということか。……が、貧乏性の年男にはそれができない律儀なところがあり、河原専務に仕事をくれとせっついた。社員のほとんどがさも仕事をしているごとく装って退社時間を待つという、儲かって仕方がない大会社の社風に逆らう異端児で、皆の手前やってはいけないことなのである。

そんなある日、戸田競艇場へ行き、退場の際に12レースの舟券を買って帰った。翌日結果を見ると二〇万円もの配当がついていた。一人でニヤニヤしていると同課の緒方ユキが、どうしたの？　と寄ってきた。

一割やるから昼休みに戸田まで行って換金してくれ、と頼むと「いいよ。……できればそのお金、お借りできない？」と言う。高松を出る際多額の支度金も受けており、懐具合は暖かかったので気前よく応じてやったのである。

ユキは埼玉県の短大を出て入社したのが二年前。小柄な美人なのに眼の回りを青く塗り、茶色っぽい口紅をつけて何やら背伸びしているような印象を受ける。腰が上の方にあり、ヒップがさも独立したみたいに優雅なのは、身長の割りに脚が長くてウエストが細いからなのだろう。見るからにウマそうだ。会社の周年記念日に社内でパーティが開かれ、見慣れない落語家が急ごしらえの舞台で何やらクッちゃべっていて、ふと横を窺うとくだんのユキがウイスキーのグラスを差し出して言った。「欲しい？　白川さん……」と。ああ、おかわり欲しいと思っていたところや……と手を出すと……「ノー、ノー、この体……」と片方の胸をかき上げてみせる。上京してやがて四カ月。精嚢の在庫は溢れんばかり。パーティを抜け出して浅草へ。土地勘のない年男はユキのなすまま一軒のホテルに入った。

二人っきりになってもユキはソファに座ったまま一向にその気を見せない。ラチがあかんのでシャワーの準備をして戻ってみると泣いている。先ほどまでのドライなユキとは別人だ。そして言うに事欠いて「どうして私を連れてきたの?」だと。東京の女は扱いにくいナ、と思う。「イヤならいいよ。今なら間に合うぞ……」そう言ってドアに近づくと背広の裾にすがった。

「言いにくいわ……私、お金の入り用があってお借りした……でもお返しできるアテがなくって。だから、そのぅ……こんなことでお払いできないか、と……」そりゃあ言いにくかろう。こんな可憐な若い女の口にすることじゃない。

「なーんだ、そんなことか。そっちに任せるよ。どうせアブク銭だ。正直なところこっちも女ひでりだし……。というても義理マンじゃつまらんナ……」

「それはないわ。私だって趣味の合わない相手にはこんなことお願いしないもの……」

そうか——。まあその辺はそのうちわかる。義理でやる女体の泉は枯渇していて水量がなく、膣壁も固い。

ユキはシャワーに急いだ。わだかまっていた話がまとまり、気が楽になったのだろう。湯気でぼやけたガラス越しになまめかしく女体が動く。この場面、男にとっては最高のスリルで、何回やってもその時々、相手おりおり……期待と興奮は新鮮で、男に生まれてきてよかった、とさえ思うひとときなのだ。まず身体、思惑通りかどうか。感度は？　表情は？……と際限がない。男も三十歳を過ぎ、数多の女体を渡り歩けばもっぱら相手の乱れぶりや快感の度合いに執着し始める。一種の義務感みたいなものが芽生え、仮に不発に終わったり相手が乗らぬときのガッカリ感は筆舌に尽くしがたい。かといって完全に熟れ切った相手に振り回されるのはもう一つ。やはり攻めて、開発して成熟させていく過程がたまらない。

ユキはなかなか出てこない。ドア越しに覗くと「来てよ……ノボせちゃいそう」と手招きする。入るとユキは明かりを消した。浴室の隅に立てかけてあったゴム製のマットを引き出し、イイことしてみるから横になって……と言う。言われる通りに横たわると、洗面器でシャボンをつくりお互いの体に塗りたくる。うつぶせになった年男の尻のあたりに跨って、恥毛のタワシで前後する。乳首を背にあてがって円を描くがぎこちない。「いーぃ？一度やってみたかったの」と言い、今度は仰向かせて腿に両肢をからめ上下する。年男は恥毛のタワシよりもボールをなぞるむっちり柔らかなユキの腿で勢いを増した。そのあたりにタワシをかけようとして、天を突く硬いツッカエ棒に意表を突かれたか、ユキは両手でそれを掴んで足元に降りた。「うぁっ、私のテクもまんざらじゃないみたい……」と大喜びする。

そして、詳しく見せて、と言って明かりをつけた。「なーんだ、初めてでもあるまいに」言いながら大股を張ってやると――これまでのと、ちょっとちがうみたい……としげしげ眺め、上下にしごく。

「あのサ……、これ、ナンていうのかなぁ……傘、じゃないか、このモリモリってしてるの……オッキイ！　それに今までの人のはさぁー、皮かむってたみたい……」とひとり言みたいに言う。あまりいいものには恵まれなかったのだろう。この女、好奇心が人一倍強いタチのようだ。サーテ、と……今度はそっちの方、拝ませてもらおうか……ユキをマットに寝かせた。

化粧を落とした顔が可愛い。昼間の化粧は仮面なのか。色が白くキメが細かい。真上に向いても横に垂れない形のいい胸。腰が締まって肢が長い。……非の打ち所がない。股を開いて膝を立てさせると両手で押さえて言う。女性のここはみんな同じなんでしょう……？

まさかそんなことはないが、そうだ、と安心させて手をどけた……！

凄い！　ふた眼と見たくないマン相なのだ。剛毛が逆向いて、三分焼きのステーキみたいな肉片がはみ出し、火事場の跡もかくまでは……。一瞥するや年男の根針は十一時五十分から六時三十分に角度を下げた。年男の最も嫌いな系統の秘所なのである。

さて、どうしようか。手が出ない。——ややあって、いいのよ続けて……と催促が来た。明かりを消し、可愛い口に舌を差したらユキが燃えた。おそるおそる谷間に指をあてがい、はみ出た生ゴムみたいな内陰唇をかき分ける。どこがどうやら見当がつかないほどの肉片に覆われ勝手が違う。やむなく会陰からかき割るとダムが堰を切った。スッゴい量だ。人差し指で突くと侵入を拒むように口をつぐむ。もう一押しすると大粒の突起がびっしり口の回りをガードしている。さぞかし抜き身が喜びそうな女鞘である。挿入にかかると余分な花びらが邪魔をして望まない。ユキはそれを見越して両側から広げて迎え入れ、二の脚を年男の腰に巻きつけ、大きな動きを制限した。恥丘を合わせ貧乏ゆすり程度に自分から動いて約一分。……イッ、ちゃうぅ！　とわめいて脚を解いた。年男はほくそ笑んだ。青筋が感じ取る突起の刺激もさることながら、根元を包む生ゴムの心地よさに……だ。あれほど醜い肉片が付け根をくわえて情を送ってくる。

ユキは大腰を使うのを嫌い、小さく動いて表情も控え目。床ではつつましい女であった。うまくしたもので、ユキのそれは大きく出し入れせずとも柔らかな生肉でぐるぐる巻きにされたように隙間がなく、ざくろの果肉みたいなザラザラの熱いうねりだけで快感を高めてくれる。ユキは貧乏ゆすり程度の動きを何回も繰り返してはイッた……。

年男に限らず、男が女性に魅力を感じるのは、まず見た目の美しさで、それは性器といえども例外ではない。ところが肝心の性能ということになると、男女とも必ずしも見た目と一致しないようだ。女性自身は俗に早い時期から習慣化した自慰癖や、激しい男性経験によって内陰唇が異常に肥大したり色目が変化するといわれる。しかし盛り上がった秘肉は発育が良い証左であり、殊にメラニン色素の濃淡は即、性腺の発達具合を示すバロメーターで、濃色であればあるほど性感に優れた逸品だとされる。それが証拠に〝四十シ盛り、五十ゴザかき〟を過ぎて次第に性欲の衰える閉経後には、秘部は再び幼年期の淡紅色にかえっていくのである。

男性器にしてもその評価は、いにしえから一黒・二カリ高・三曲がり……と称された。色目でトップにランク付けされたのは、いささか不満ではあるが、巨根の評価は意外に低い。物を食するとき、口一杯に押し込むと本来の味覚が損なわれ、たとえキャビアといえども一気に頬ばれば、ただ単に腐ったイクラと大差ないのと相通じるものらしい。

大抵の女性が中くらいのがイイみたい……とおっしゃるから巨根必ずしも逸品とはいかないようだ。

男女を問わず秘部は観賞するものにあらず。要はその性能。このユキの場合も第一印象とのあまりの落差に驚嘆させられたのである。

仕事をせっつく年男に大役が回された。苛性ソーダを船単位で納入している味王の素との間で売掛金残高が二、〇〇〇万円以上も差異があり、これを照合するというものだった。その日から毎日対社に通いつめ伝票を照合し、おおよそ二カ月かけて精査が完了した。担当部長に提出すると「ああ、そう。ご苦労さん」と書庫にしまい込み、対社に確認折衝する気配もない。後にわかったことだが、すでに前期に貸倒損失として処理済みであったのだ。――年男は愕然とした。

振り返って考えてみれば特別不思議なことではなく、大会社の流れに乗れない田舎モンの扱いに困惑しての対応だ、と気楽に流せば済むことなのに、受けた恩義に早く応えたい一心でワンマンパニック化した自分は未熟に過ぎた、とつくづく思ったものである。

そのうちユキが、縁あって埼玉の田舎の長男のところへ嫁入りするといって退社した。最後に逢ったときこんなことを言った。相手は自分が真っサラだと思っているらしい、バレないやり方ってあるのかなァ……と。

「そうだナ。下の方をいじってきたら股しめて、恐い！　痛い！　って言い通すんだ。そんでもって一カ月は腰振っちゃいかん。それにイッちゃう！　もご法度だ。で、二、三日はあそこに棒が入ってるみたい、って言えばいい」

知恵をつけたものの、うぅーん……どうかナ？　名器の何たるかもわからない田舎の花ムコはユキの部位に触れた途端、中古の、それも相当に使い込まれたモノに唖然とするに相違ない。女も天下の回りもの、貧乏くじ引く男がいても不思議はない。

In第16ホール　雄琴の三輪車

「うぁ……おッきい！　パンパンよ。ボーリングの玉みたい！　これ、元の姿にかえるのかなァ……」

プロボーラーの白鳥ユキが天井から吊した一抱えもある氷の袋を年男の股間にあてがいながら眼を瞠る。驚くのも無理はない。普通なら干し柿くらいの睾丸がメロンほどにも膨れ上がって紫色を呈し、回りのリンパ腺がザクッ、ザクッと脈打っているのだ。年男に背を向け患部に向き合っている格好のユキの肩が小刻みに揺れている。笑いをこらえているのだ。呼吸しても痛む本人には悪いが、どう見ても滑稽で思わず噴き出してしまう。ちょうど目一杯膨らませた大ぶりの風船……その上部に縛られた吹き込み口みたいにちっちゃな突起が萎れている。傘を張り、背筋を伸ばしたあの威厳はいずこへ……。

倉敷市川島町。その川島湾に隣接する自動車工場へ納品しての帰り道、なじみの峰島町のゴルフ練習場にはいったのが午後三時。わずか二〇席しかない粗末な施設の寄りつきの打席に入った。ほかには誰もいない。ドライバーを握って素振りを二、三回。第一球をセットして強振したら、瞬間股間に衝撃がきた。ピストルの弾が命中したか！　それとも地雷を踏んづけたのか！……薄らいでいく意識の中でもう終わりだナ、と実感した。

窓口のおばさんが救急車を呼んだらしい。気がつくと白衣の医師が二人。……貴男、お名前は！　ここ、どこかわかりますか？　と眼の前に手をかざす。そして――。

「大丈夫ですネ。あのですね、睾丸一個はずしますんでご家族と相談されますか？」と言う。それで思い出した。地雷を踏んで炸裂したんだ。いや、自打球が命中して玉が潰れたのに相違ない。玉を、は・ず・す……？　背筋が凍った。子供もできますしネ、どうってことないですが、これはあなたのモノであり、奥さんのモノでもあるので……と言った。そんなことはどうでもいい。片方を抜くと女性化したり、均衡が崩れてまともに歩行できない、などと聞く。それもそうだがナニの方……今まで以上にタツのかどうかが気がかりだ。

「あのぅ……あっちのほうは、そのぉ……」

「はっ、何ですか？　アッチ、ってぇのは……」――意地が悪い。かたわらの看護婦でさえケラケラ笑っているのに……。今まで以上は保証できかねるが何ら心配ない、とのご託宣。

男にとって玉に対する執着は並大抵のものではない。ブラブラして邪魔にならないか、と一〇人中一〇人の女が聞く。股間が割れてて何かと不便じゃないか、と男が女体をおもんぱかるのと酷似している。確かに不便だ。男はおしなべて、ひょんなはずみで衝撃を受けて七転八倒した経験は少なからずあるものだ。かといって一つ減るとなると男でなくなるとの思いにとらわれてガックリくる。三拝九拝したらしばらく冷やして様子を見て、もし内出血が止まるようなら再考しようということになり、その日は二つそろえて持って帰ることができた。

年男三十七歳。一流商社大同商事の日本橋本社で一年あまり。このころ年男は悶々とした日を過ごしていた。大都会の生活にリズムが合わず空回りの毎日だった。それにマンモス企業の流れにも乗り切れず、さらには過去の義理に甘んじる立場は苦痛でもあった。そんな折、太田と名乗る見知らぬ人から会いたいと連絡が入った。事務所の地下のレストランで会見すると「貴男のことはよく存じている」と名刺を差し出す。東日本ケミカル株式会社高松支店長とある。塗装化学関連のメーカーで、過去の歴史に照らしても中途採用は皆無だが貴男は別格として即岡山営業所の責任者として優遇したい、と言う。

西日本精油株式会社高松支店にいたころ、ちょうど同社の支店が近所にあり、両社に出入りしていた東都リサーチ四国支社長藤田氏を通じて年男の人となりや業績などを聞き及んでいて、今般幹部社員を物色していて紹介された、とそのイキサツを説明した。採用条件はよかったが、一つだけ引っかかることがあった。コーティング剤とは何なのか。そんな市場があるのだろうか、という点である。これまでは主に原料関連の商売だっただけに、このような業種の経験に乏しく、エリアを引き受けても自信がない。当面考えさせていただくことにしてこの日の会談は終わった。

……が、この支店長のゴリ押しはすさまじかった。のべつまくなしに電話攻勢と訪問が続いた。押しの一手である。年男はまず東都リサーチの藤田支社長を通して東日本ケミカルの社歴と業績を調べ、岡山エリアの現状についても資料を収集した。確かに太田支社長のいう以上に堅実な業績である。戦前の起業以来、戦後GHQの指定メーカーとして軍施設に特殊塗料やコーティング剤等の物資納入専社として実績を積み、ビルラッシュの戦後の復興の波に乗り業務用の需要が急増。さらには建築ブームにより一般家庭用の分野にも進出していった。研究部門にも力点をおき、本場であるアメリカの技術を移入して国産の天然樹脂原料を主とした従来の製法に加えてアクリルやエポキシ系の合成樹脂原料を採用することで、製品に幅を持たせて新しい市場の確保と競合メーカーとの差別化に成功。営業面でもハワイ、東南アジアなどへの招待キャンペーンを頻発して大口固定客を掴むなど、当時としてはきわめて斬新な手法で市場を占拠していた。六大都市はもとより主要な地方都市に支店、出張所を開設して、人材不足に陥っている事情もうかがい知れ、仮に入社しても将来性は十分あった。

年男は新橋の本社を見るだけでも……と勧められ、ハラが決まらないままとりあえず訪問することにした。

駅前の一角にその会社はあった。見学気分ではあったが社内には活気があり、社員には生気がみなぎっている。商社のごとく華やかではないが、親しみがあり馴染みやすい、というのが第一印象であった。「この会社をどう思うか」と鈴田取締役営業本部長が聞いた。これまでに経験した職場に比べると業界も限られ、顧客も小口なので地道に足で稼がねば業績は達成できないのではないか……というふうな直感を述べて面接は終わった。

年男はこれまで自分の努力の如何に関わらず、その会社自体の命運の岐路に立ち会って二つの職場を棒に振った。が、今の大同商事だけは自分のわがままに起因しているため迷っている。両社とも故郷の近郊の支店であるなど条件も似たり寄ったり。支店とはいえ二五人の牛後について気楽にやるか、わずか二人の小さな営業所といえども鶏頭に立って汗かくか……割り切りの早い年男にもさすがギリギリまでハラが決まらず思い悩んだ。

そんなとき、リサーチ会社が東日本化学のさるメイン銀行の分析として聞いたという情報でハラが決まった。現在でも上場できるほどの素晴らしい財務状況だが、これから迎える高度成長時代においては現況に加えて的確な市場分析や計数管理に基づく経営政策が必須条件となるが、この会社にはすでにその人材が存し、まもなく実現する世代交代を期して飛躍的な発展を遂げる……というものである。その人材とは子息の鈴田取締役営業本部長であった。

こうして年男は妻晶子と長女桃子、それに二歳になったばかりの夏子を連れて岡山に赴任したのだが、想像以上に戸惑った。営業所の業績や顧客にもタマげたが生活面でも問題が生じたのだ。小学四年生に転入した長女が今でいう登校拒否で毎日家で泣くばかり。聞けばスカートをめくられ、イジメられて勉強どころではないので、早く故郷に帰りたいと訴える。この地域には独特の閉鎖的な風土が根強くあり、これまで転入生が腰を落ち着けた試しがない、という。即刻三人を故郷に帰さざるを得ず、夫婦にとって最も避けねばならない別居生活を余儀なくされた。生活が二分して経費がかさむのにも増して、夫婦仲も冷え始め、後になって考えれば離婚の起点はここにあり、何とか良策はなかったかと悔やまれる。別居＝即離婚の構図には相当無理があるが、こと年男の場合はその危険性は十分あった。

当時はボーリングブームのはしりで、全国各地の空き倉庫などがボーリング場に早変わりした。この地域にも八場あり、コーティング剤のよい得意先でもあった。そんな中でも川島ボールは草分けで男女二人のプロがいた。営業が終わってレーンの油の調整を手伝って女子プロの白鳥ユキと親しくなった。近くのホテルに連れていくと二十二歳とはとても思えないほど積極的で、初っぱなからオナニーして見せて、と言う。裸にして視姦しながらポールをしゃくって見せると、眼を潤ませて自身の花芯に手を這わせ、男根に食らいついて気をやるのだが、そのよがり声たるやヒステリックでかん高い。バックを好み、ベッドに手をつかせて放り込むと、プッ、プッ、と奇異な淫音を発し、大腰を使うとプゥーと尾を引く……世にもまれなる膣屁である。

こうしたモノは中が緩くて空気が漏れていると思われがちだが、実は興奮のあまり内液が熱気を帯びて隙間を伝う異音だから、その感触たるや筆舌に尽くしがたい。押すと淫汁が逆流し、引けばザラ目が首にまとわりついて包皮をしごく。まるで手と口が内蔵されているかのような珍器なのだ。
ダ、ダ、ダッ……ピッチを上げるとユキはイヤッ！　待って！　と言いざま鞘を抜いて正常位をせがんだ。飴湯をねっとりまぶしたような赤口に発射寸前の筒を差せば、足を踏ん張って恥骨を突き上げ年男の腰使いを促す。大ぶりの乳房をワシ掴んで、恥骨も砕けようとばかりにブチ当てると眼を見開いたまんま強烈に果てた。
やがて……括約筋を息ませ相手がまだ終わっていないのを確かめると、キスを求めもう一度自分から躍動を始めた。ここからはお返しとばかりただひたすら奉仕に徹し、相手をイカせるのである。最高なのは腰の振り。上下左右にグラインド……男を乗せてのブリッジはさすが。プロボーラーにしておくにはもったいない。

さて、ものの本によればホールインワンの確率は男子プロで三、七〇〇〇回に一度、女子プロで四、六五〇〇回に一度、一般ゴルファーともなれば三万六、〇〇〇回に一度だという。そして、ゴルフの自打球が己の睾丸に命中する確率はホールインワンの確率の一〇〇倍だ、ともいわれる。否、そんなばかげた椿事などあり得ようか。ところがその災厄が年男を襲った。

しかし、ユキの看病の甲斐あって、五日もするとメロンが夏みかん大になり、一週間後にはやっと小ぶりのリンゴまで縮小した。「ふぅむ……直るもんだナ……」医者が感心した。ところがここから苦悩が始まった。一カ月が過ぎてもタタないのだ。その気は十分あり、ユキが持ち得るあらゆるテクニックを弄してもビクともしない。

そして……二カ月後ユキは去った。タチだしたら、また連絡してネ……とのたもうて。年男は思った。因果応報……調子に乗るものじゃない。これまでの三七七人の女に追いかけ回される幻想に取り憑かれ七キロも体重が落ちた。女のいない世界、女抜きの生活こそ、これからの自分の半生だ……わびしい設計図を描き通したのである。

そんなある日、以前の会社の部下明石から当時の後輩が京都の平安神宮で結婚式を上げるので祝ってやろう、と連絡を受け新幹線で大阪に向かった。明石はその後不動産を営む親父の跡を継いで一旗揚げ、大金を稼いでいた。彼は年男のあまりのショックを見かねて、結婚式を終えると愛車のジャガーを駆って風俗のメッカ雄琴温泉へと向かった。かのT製薬の八十七歳の会長を十年ぶりにモノにしたという名うての手練れをつかまえて、こいつをフィニッシュさせたら成功金として倍額払う、と吹き込んだ。その名人玉子さん、三十前だろうか、白豚がくしゃみしたような三段腹……とても食欲は湧かない。ところが後ろに控えたスミレちゃん、聞けば十八歳。由美かおる似の……ヨダレが出そうな美少女である。ブランディをしたたか飲まされてまずはマットプレーへ。「うア、かわいそう！　死んじゃってるぅ」下半身担当の玉子さんが器用に丸洗いしながら同情する。上半身担当のスミレちゃんはもっぱら美体と眼の覚めるような美陰をヒケらかして男の欲情を誘う役どころ。

……さて、本番を迎えた。玉子さんがブランディを含んでポールをがっぽり。尿口と袋のあたりにピリッときて眠った魔物が久しぶりに眼を覚ました。黄門といわず袋といわず、ネッとり舌が這い回る。一方スミレちゃんは年男の胸に座って二の腕を大の字の横一のように真横に広げさせ、両足で固定するや、ガバッ、と大股を張った。彼岸桜の花ビラのような陰唇を誇示しながら小ぶりの真珠を擦る。間髪を入れず尻の方から玉子さんの太い指先が白蛇のごとく真っ赤な秘口へと滑り込む。スミレちゃんは右手で乳を揉み、左手首をせわしく上下。それに合わすように玉子さんの二本の指が往復する……。

ピチャ、プチュ……エもいわれぬ淫音と美少女のイキ顔……死んだはずの年代モノが天を突いた。玉子さんはスミレちゃんの腰を引き下げ、もうひとコスリで達する風情の赤口鞘にそれをカマせた。あッ、という早業だ。……冬眠から覚めたイチモツが暴走する。思いの外長いモノを突き上げられてスミレちゃんがネをあげて飛び降りた。玉ちゃんは瞬時に上向いて大股を張り、クィッ、クィッと不気味に首振る未練棒を使い込まれた褐色の淵で丸呑みするや、裸馬を調教するがごとく自由自在に男を泳がせる。——ド、ド、ドッ……三カ月分の精嚢が爆裂した……。

乱行が過ぎるぞ！　腹に据えかねたモテない神様が三六〇万分の一の罰を下し、この男の去勢を試みた。ところが、男好きの雄琴の女神が救いの手を差しのべ、さらなる獣欲を与え給うた……。当の本人はどうか。強運だったか、不運だったのか。——その後もさまざまな女がらみの苦労を喫するところをみると、男でなくなっていた方が幸せだった……とも思える。やはり、不運であった、というべきか！

Ｉｎ第17ホール　放蕩の果て

「もう疲れたわ。何もかもうまくいかなくて……男の人も信用できないし、まわりの人、みんな嫌い。どうしていいかわからなくって……」

倉敷市内峰島町の県道から一〇〇メートルくらい路地を入った田んぼの埋め立て地。一棟の建物を四つに仕切る形で大手自動車メーカーの関連会社が入居していて、東日本ケミカルの岡山営業所もこの一角にあった。一階が事務所兼倉庫で二階が住居になっていた。晩春の午後二時、小橋を渡った脇の一膳めし屋風の食堂で二人の男女が遅い昼食をとっている。どう見ても中年の男には不似合いな女であった。城戸真亜子の口に締まりを持たせ、眼のあたりに憂いをかけたような、この辺りにはそぐわない垢抜けした美形である。細身ではあるが胸が張り、ヒップの位置が高い。笑うと真っ白い歯並びが印象的で、口元に女の色気が漂うが、滅多には笑わない。きれいな女は何を着てもきれいだし、何をしても垢抜けている。

じゃが芋の煮っころがしに、ほうれん草のオヒタシ、女は昼の定食にも箸をつけようとせず、しきりに長い髪に手をやり、眼をくもらせる。男はビールの大びんを一本空け、酒のツマミに女の悩みを受け入れた。人柄がよく、苦労人らしい気配りに気が緩んだのか、女は立て板に水のごとく身の上話を始めた。

……母親はシジミ採りや近くの霞川の河畔のヨシを刈り集めて日よけを編んで生計を立て、生まれたときから父親はいなかったという。峰島神社脇の古い街並みの一角にあるトタン板の差し掛けの住み家。六畳一間のあばら屋は雨が漏り、真夏は直射日光、冬はすきま風が吹き抜けても暖房など思いも寄らぬ暮らし。小学校も登校できたのは三分の二ほど。あとは母親についての内職に明け暮れた。上級生にもなると木製の手押し車でシジミを売り歩き、それが死ぬほどつらく、路地裏にしゃがんでうつむいてばかりいるからさっぱり売れず、折檻を受けて泣き通した。「おしん」なんて足元にも及ばぬ苦しみの幼少時代を送らざるを得なかったのである。

彼女が仲介人を通してこの家に養女としてもらわれてきたのが二歳。養母はすでに五十七歳であった。この養母の姉夫婦が歩いて三分のところに白壁の倉付きの立派な旧家に住んでいて、小さな時分四つ年上の一人息子のおもちゃやオヤツを欲しがっては叔母にこっぴどく叱られた。貧乏人の子は近づくな、とまで言われた。アメ玉一つもらった記憶はなく、子供心にもひどく傷ついたのだが、後にこの息子が嫁を取って三年後事故で急逝すると、子供のいなかった嫁は葬儀が終わるとさっさと実家に帰っていった。もはや歳を寄せたこの夫婦は手を返して「貧乏人の娘」にすがってきた。人ごとながら腹の立つ話である。やっとのことで中学を出ると、はす向かいの農協の雑用に出ながら商業高校の夜間に通い、空いたわずかな時間は近くの酒屋でビン洗い。それでもこの夫婦は一円の援助もしなかったという。こうした日が四年間続き、十九歳になって在所の司法書士事務所に就職した……。

この女、壁一つ隔てた隣のコピー会社に勤めるアルバイト藤田裕子、二十三歳である。こんな話の最中、事務員から呼び出しがあり、男――そう、年男が中座した。裕子は未練気に腰を上げようとはせず、場所と時間を変えて逢えないか、と聞いた。

その日の夜、川島グランドホテルの地下のバーに二人はいた。裕子は終始落ち着かず、借りてきた猫みたいに無口になった。聞けば生まれてこのかた、こんな高級な場所に足を踏み入れたことがなく、回りの人たちの服装や雰囲気に圧倒されるのは耐えられない、という。――五分も経たないうちに二人は店を出た。川島港に車を走らせ、製鉄工場の鉄塔の明かりを目前に二人は岸壁に座る。このときのことを裕子は後にこう告白した。どんなことがあっても指一本身体には触らせない。もし強引に迫ることがあれば二度と口をきくまい。この人は自分と同じような境遇を経験しているとの確信があり、何をされても許せはするが、そんな軽々しい付き合いよりも人として大切な相談相手として永く交流したい気持ちが強かった……と。

年男は当初、正直なところ、この裕子に色気を感じなかった。なぜかこれまでの女のように手を出したい衝動が抑制されて内に潜んでしまう。それは女としての魅力とか、自分自身女に満ち足りていた……という類のものではなく、何とか気楽にしてやりたい、あのきれいな笑顔をいつも見たい……そんな肉体関係を超越した心境であった。

その秋の日曜日の夕刻、川島外科病院から電話が入った。「奥様が交通事故で大怪我されて、救急車でこちらに入っていますので至急お越しください……」――奥様……？　とりあえず病室へと急いだ。

二階に上がると包帯で頭をぐるぐる巻きにして左手を吊った裕子が若い男に肩を支えられてヨタヨタと手術室から出てくるところだった。年男を認めると男を突き飛ばして「あなたッ！」と叫んで駆け寄ってきた。……この若い男は別居中の亭主であった。呆気にとられてこの光景を見ていた亭主は「よろしく、お願いします」と頭を下げて立ち去った。

病室に連れていって寝かせると、起きあがりこぼしのように何度も何度も身を起こして は年男に抱きつき、好き！　好き！　を繰り返す。……そのうち精神安定剤が効いたのか、眼に涙をためたまま寝入った。年男は売店からメロンと下着を買って戻り夜明けを待った。寝顔がだんだん穏やかになり、見れば見るほど綺麗。眼のあたりには利発で意志の強さが、口元には女の情が混在しているが、ツン、としたプライドの高さも窺える。

朝四時裕子は目を覚ました。「看護婦に嘘ついたナ、奥さんはないだろ？　夕べのは誰だ？」「ごめん。心配かけて……。あの人ね、籍ばっかりの主人なの。岡大の医学部の秀才だったらしいけど、今はインターン。もう何カ月も前から家にも寄りつかないわ。年男さんには悪いけど、これできっぱり別れられる……」

久しぶりにきれいな口元がほころんだ。裕子の美貌に惹かれて結ばれたものの彼女の家庭環境や複雑な人間性がうとましいのと、いざ医学の世界に足を踏み入れてみると思いの外回りからちやほやされ、格段の好条件で結婚できる事例を知ったに違いない。それが裕子の抱えている家の事情を無視しての縁切りに迷っていたところへ、タイミングよく年男が現れた。渡りに舟であったろうことは想像に難くない。

裕子は退院して初めての土曜日の夜十時を過ぎて年男の住居にやってきた。入ってくるなり部屋や風呂の掃除をはじめ、ガスレンジや棚の掃除には年男の手を借り、ひよどりのつがいが巣作りするみたいにあっという間にきれいに片付けた。年男は二階の寝室に上がり裕子の来るのを待った。三十分もするとバスタオル一枚でやってきた。背を向けて年男のYシャツをまとい布団に滑り込む。さっそく始めようとする年男。それをかわして「ちょっと、お話ししよう……」と言う。今までに話し残したことや職場のことなど話は尽きない。生返事をしながら肢をからめ胸に手を這わすと、おしゃべりがとぎれとぎれになり……やがて、切ない喘ぎに変わっていく。口を寄せると音を立てて舌を吸い込んで、好きよ！　と喉の奥で叫び、年男の頭髪をかきむしった。年男は仰向いて大股を張り裕子を挟むと、屹立した首筋でみっともないほど濡れた亀裂をしごいた。裕子は、アァッ、ウゥ……とわめいて恥骨を押しつける。ややあって、今度は裕子に大股を張らせて怒張した裏側で陰溝をなぞると、卑猥な淫音三重奏。イィッ、出るゥッ……凄いアクメが裕子を襲った。

充血して厚さを増した陰花を屹立した棒の先っぽで左右に広げて送り込むと、シュル、シュルッ、と熱い愛液が根元に溢れ尻谷に逃げる。「うぁァ……スッゴイ……！」膣圧をグ、グッと押し広げる年男のボリュームに圧倒されてうめく。

「何日目だ？」耳元でささやくと「うッ、もう……意地悪！」と鼻先を噛む。——まだ陰芽でしか達せられない裕子は奥がつかえて全サイズの三分の一は納めきれていないので、お互いの恥丘が密着せずさして快感は深くないはずなのに、終始絶頂地獄でもがき苦しんだ。未開発で感度のレベルは低いが感性は並外れて強烈で、股間から発する快感というより愛する男に抱かれている……という感情の高ぶりがそうさせているに相違ない。

……口泡を噴かんばかりにぐったりした裕子を仰向かせピンクに染まった花芯に舌を当てると、アッ、ハーん……と腰を突き上げ、年男の怒張を欲しがった。体を回転させ裕子の顔を跨ぐと両手で包んで頭をくわえた。口技というには程遠いがアート写真に撮ったような美形の陰花に欲情を誘われ思わず先走りがきた。小さな口に打ち込まれる肉杭に耐えられず腹を押し上げて抗うが健気にもおびただしい濁液を呑み干した。年男も等しく鼻を鳴らして恥丘といわず両腿から会陰までしたたる淫汁を舐め清め、横抱きして毛布を掛けてやるとあどけなく寝息を立てた……。


生を受けてこのかた、人からひとかけらの愛情もかけてもらえなかった裕子は性格的に傷を負っていた。絶えず回りを警戒し不信をかこつ生き方が身についていて、容易に心が開けない。そんな彼女にとって年男は父親であり兄でもあった。それにもまして自分のすべてをわかってくれ、やさしく包んでくれる、かけがいのない相手となった。異性に対する深い愛を知り、酒の味を覚え、遊びや仕事の面でも新しい体験を得て見る見るうちに洗練されていった。

年男は商店の域を出ない営業所の改革に着手して、業容が上向いたのを機に岡山市内に移転した。エリアの狭さにも不満があり、兵庫県を傘下に納めたい考えもあった。これに伴って裕子も痴呆になった八十歳の養母を養護施設に預け、二人は同棲生活に入った。裕子は小娘のように快活になり年男の面倒をよく見た。テキパキと身体を動かすことをいとわずよく働いた。経験のある代書屋に職を見つけると、夜の六時からは郊外の観光ホテルのバンケットのコンパニオンとして勤務した。相当きつい生活パターンであったが愚痴一つこぼさず、働くことを謳歌しているふうだった。

しかしこうして稼いだ金の大半は養母の施設に要する諸経費に費やされた。二人が住んでいた二LDKのアパートは年男の社宅であったので家賃は不要だったが、年男も妻と二人の子供を故郷に残し、世間並みの給料の半分は毎月仕送りしなければならない身であったから、そんな裕子を支援する余裕などなく、二人はつつましい生活を強いられた。……とはいっても恋人同士。ときには旅行など享楽を求めて冗費はかさみ、年男は一年も経つと月一回の里帰りが二カ月、三カ月に一回に減り、毎月の仕送り額も三分の一に目減りしていった。妻子を思いやる気持ちは誰にも負けはしないが、ついついそばにいる裕子に重みがかかって家族との距離が遠のきだし、子供を抱えローンの返済に追われる妻は次第に女気を失い、年男に不信感を抱き始めた。

一方、同棲を始めて半年もすると裕子の体が開花した。人並み外れた感性を備えた女体がセックスに目覚めると、どうなるか。のべつまくなし、顔を見合わせれば濡れる……といった具合なのである。夜十一時ホテルから帰ると玄関のドアを開けて脱兎のごとく転がり込み、トシッ!……とそこらへんに押し倒し、年男の股間に食らいついて手早く自分のスカートをずり降ろすや「……ン、もう、我慢で・き・な・い!」と眼はうつろ。上に跨りズブリ、と埋めると「イィッ、いいよッ!」あっ、という間に背を反らして果てる。年男を抱き起こして茶ウスの体位に持ち込み、ストーン、ストーンと腰をぶっつけ器用にグラインドを繰り返して二回目の絶頂。続けて両手足を床に突っ伏してヒップをかち上げ、真っ赤な秘口をヒクつかせ、イ・レ・て!……とせがむ。ほんの数カ月前までただ単に肉の袋でしかなかったモノが今やカズノコ並の粒々がびっしり膣壁を覆い、どこをどう突いてもイキまくる。圧巻なのはフィニッシュ。一〇回近くのアクメで綿のようになったのを正常位で組み伏せ前後左右に揺さぶること数十回。まず「……イクゥ」と口走る。子宮の奥から怒濤が押し寄せ「出るッ！」……喉奥で叫ぶや、両肢を開きピーンと伸ばして、ブル、ブル、ブル……と激しいケイレンが……。強烈に達しているのだ。それに合わせて腰を送ると――断末魔の悶声を発して、バッターン……両肢が床に落ちる……。

年男が自宅に帰ると妻は初っぱなから愚痴を訴え、子供が寝付くと物を投げるまでエスカレートしていった。土曜日の夜遅く帰宅して日曜日の夕刻出発するまで夫婦らしきことは何もせず、口喧嘩に終始するうち年男の足はだんだん遠のき、半ば離婚同然の生活に等しくなっていった。世間の妻が最も恐れるのは亭主の女関係、それに家計の苦しみ……そして、教育を含めた子供の問題だ、とよくいわれる。このころの妻晶子はこの三重苦を一挙に背負っていたのだから狂乱するのは当然だったのである。外に女をつくるのは男の甲斐性、という。これはたぶん年男のように自分の家庭生活すらやっと営める程度の一介の貧者が、こともあろうに別宅を持って苦しみもがき、筆舌に尽くしがたい後悔の念を持って後世に忠告した言い分であろう。一盗、二卑、三妾、四買、五妻という。確かに一時の享楽ならこのランク付けに異論はない。が、夫婦というもの……性生活などさほど重要ではなく、充足した家計と嵐にならない程度の風通しがあれば円満裡に全うできるもののようだ。

女は終生妻一人。オヤツが欲しければ身の丈に合わせて買って食べればよいのである。

……年男、一生の不覚であった。

Ｉｎ第18ホール　東南に進路を取れ

「……んッ、もうだッめ！　イッ、ちゃうぅ……ねッぇ、きて、きてッ！」

バックで責めると、ろくろっ首のイチモツが子宮口まで伸びて脈動する。もう二、三押しで達する風情の膣壁の——異常に熱い襞がそれをピッチリ包んで、仕上げを願って打ち震えている。興奮のあまり小刻みに息づいているピンクのアヌス。蟻の戸渡りの下は、ブッ太いのをくわえて大陰唇が輪状に盛り上がり今にも張り裂けそう……。この女、この体位で達したら最後、淡泊になってそれからの楽しみがなくなる。いったん本身をブスリと抜いて正常位をとると、女は夢中で淫汁まみれの抜き身を掴んでどろどろの陰門に引き入れた。故意に動きを控え、身の丈の半分で「の」の字を描いたり貧乏ゆすり程度でじらすと両手で床を叩き、イヤッ、イヤッ、と頭を左右に振って「お・ね・が・いッ！」……三白眼も虚ろに腰を突き上げる。

「よーしッ、いくぞ！」牝鹿のようにスラッと伸びた両脚を肩にかついでヒップを抱え、最後の仕上げに入る。うォッ！　下口から発するすさまじい粘着音……上口からほとばしる悶声……ダダダ……凄い迫力だ。恥骨がブチ当たり袋が尻を打つ。子壺につかえた先っぽを少し引き、空間をつくって吐く態勢。首筋が締まってまずひと吐き、少し引き抜いて入口の膣圧でドドドッ……。仮死状態に陥った相手は天国の出口辺りで迷っているのだろう。未だやれそうな硬度のモノを引くと、いやッーん……鼻の奥で未練がる……女・女・女——女は所詮女なのだ。いくらヤッても大差はない。それをわかっていてもやめようとは思わない。今度こそ！　この次は！　こうして五八七ホール。ついに難攻のロングホールを迎えた。

女体ヶ丘カントリークラブをラウンドすること五八八ホール。希代の色事師白川年男は正念場の18ホールを迎えた。谷あり、クリークあり、樹海あり……ハンディキャップ1の難ホールである。ここまで順調に来た年男は自慢の長尺ドライバーを引っ掛けて林立する山桃の老木の根元に打ち込んで苦しんでいる。しゃがんで見通せばはるか向こうに鮮やかな緑のグリーン。上空を仰げば今にも落ちなんとたわわに鈴なった山桃の実。入り組んだ太い根っこの間に沈んだマイボール。大きなクラブは使えない。ウェッジでかき出すか、それともアンプレ宣言して安全を図ろうか……燃えるグリーンは自分の家庭。食べごろの山桃の実は裕子。そして選択に迷っているクラブは会社……といえようか。だが、現状はゴルフにたとえるほど甘くはなかった。

崩壊寸前の家庭。切るに切れない第二の女。そして収入に限りのあるサラリーマン……。この蟻地獄を脱却しないと共倒れは必定であった。三年が過ぎて年男は意を決した。自宅を担保に農協から借金して二反あまりの田地を買い、果樹園栽培で生計を立てる挙に出た。生まれついての百姓の子は結局土に執着したのである。上司の長田常務に辞表を提出して身の回りの整理に入った。ところがここで長田常務はこんな年男に恩情をかけた。一年間大阪支社を経験の後、地元の四国支店勤務はどうか、と勧められたのである。そこなら実家から車で四時間あまりの通勤圏内であり、会社にも仕事にも何ら不満のない年男にとってわがままの許される最高の条件であった。

こうして単身で大阪支店勤務に就いたが、ここにも裕子は毎週のように新幹線でやってきた。その度ごとに年男の大好物の岡山名物ママカリ寿司を携えて。外食すると金がかかるから、と言う。そして、それは一年間続いたのである。女の執念……それもあろう。究極の愛……それもあったに相違ない。しかし裕子は後にこう言った。巡り会えて世界一幸せになれた自分――そしてこれからの人生に絶対に欠かせない人、結婚なんて形式はどうでもいい、異性だからというより繋がっていてもらわないと、自分が元のダメな女に戻ってしまう無二のパートナーだ……と。それをかなえてもらう上でもし金銭面で重荷になるなら、今すぐにでも女の武器を使ってでも稼いでみせる、とまで言い切った。

年男は一年の大阪支店勤務を終え四国支店長として赴任し、実家から毎日車で四時間の勤務に就いた。年末決算が迫った三月末、全国所属長会議が招集され東京本社に向かった。予定が遅れて裕子との約束が一日ずれ、約束に厳しい裕子は初めて年男の実家に電話を入れる結果となった。貴女はどなたですか？　としつこく聞かれ、ご主人にお聞きになったら……と答えてしまった、という。この一言で妻の晶子は亭主のすべてを知った。堆積していたモヤモヤが雲散し、きわめて冷静に離婚を決意する。高校三年の長女と中学三年の次女は両親の離婚について、二人が話し合って決めたことなら特別異論はないという。ただ妻の条件はこの家に続けて住み、自立するので今後とも援助は要らないが、二人の子供は連れて出てほしい、というものだった。こうして年男は徳島市内にマンションを借り、娘二人との生活に入った。

失うものも大きかったが、これまでずっとほったらかしてきた娘たちへの罪ほろぼしををしているんだ、との充実感があった。が、どちらかといえばゼロから出発しなければならない切迫感に追い回され、アッという間に三年が過ぎた。そのうち長女は歯科技工士の国家資格を取得して就職し、次女は縁あって地方公務員と結婚した。年男は文字通りの独身となり、仕事先の高松市内へ引っ越したのである。

　ここにも裕子は岡山から海を渡り、片道二時間かけて毎週のようにやってきた。年男の離婚を知っても結婚しようとは一言も言わず、年男もまた再婚はコリゴリであったから、それが何よりも気楽であった。やがて、裕子の叔母夫婦のうち、まず叔父が病に伏し、続いて叔母が入院した。さらに養母の寿命が近づいた。どうした運命のいたずらか、幼少からこのかた、全く愛情をかけてもらえなかった三人の——しかも血縁でもない年寄りたちの厳しい看護を余儀なくされ、死に水までとる羽目になったのである。

　ここで裕子の人生観が変わったと思われる。三人を手厚く葬り完璧に後始末を終えると親戚や回りの裕子への接し方が一八〇度変わり、これまでの長い間、針のむしろ以上に悪かったこの在所での座り心地がまんざらでもなくなった。そして……二歳で捨てた形の中学教師の実母が現れ、土下座して二十八年前を悔いたという。これを境に、穏やかで真に大人の女になっていく裕子に、年男は驚嘆したものである。二人の関係はずっと彼女自身が働きかけない限り年男からアクションを起こすことはなかったから、その後はたまに電話でやりとりする程度となった。
　後に裕子はこの間の事情をこう告白した。叔父叔母の遺産を相続することになり、一挙に煩事が増えた。ふっと思いついて年男の事務所に電話すると、あるころ辺りから女事務職員が「いません……わかりません」とつっけんどんなのを奇異に感じ始め、二人の間に何かあると女の直感が働いた、と。

　この事務職員屋島絵里子は二十三歳、年男の現下の愛妻である。高松市内から車で二十分の郊外の半農の次女で、同年代の男性には全く興味がなく、四十歳代の男しか眼に止まらないという変わり種であった。入社すると居並ぶ若い男性には眼もくれず、もっぱら中年の支店長年男に興味を持ったが、ひっきりなしに入る複数の女性からの電話、さらには顧客の海外招待キャンペーンで同行する台湾を主とした東南アジア旅行での女あさりの話を聞かされているうち、こりぁ、ダメだ……実のところ呆れ果てた、という。世間知らずの田舎の娘は尻尾を巻いた。そのうち本社総務課に提出する年男の戸籍抄本を見て、レッキとした独身であることを確認する。そしてアタックはむしろ絵里子の方から始まった。

年男にしてみれば同じ釜の女を食ったのは自慢じゃないが東京日本橋の大同商事勤務時の緒方ユキただ一人。色事師のルール違反でもあり、手を出すつもりは毛頭なかったし、万一再婚の憂き目にでも遭えばたいへんだという気持ちが強かった。……が、みずみずしい食べごろの水蜜桃には勝てなかった。不本意にも手が出て、成り行き上足も出た。間もなく退職させ、一年後に式を挙げた。

年男の支店勤務はやがて七年が過ぎようとしていた。所属長の任期はたいてい三年くらいが限度であったから異例中の異例といえる。そんな折、上司の長田常務から東京本社でしばらくやってみないか、と打診された。東京……以前の大同商事の苦い経験もあり、新妻の絵里子もイヤだ、という。年男はまたしても辞表を書かざるを得なかった。会社にしてみれば身勝手きわまりないヤツであったに相違ない。

が、長田常務は再び恩情をかけた。三年ほど前から進めている台湾合弁会社の経営を任せよう……というのである。年男は飛びついた。一つには離婚を含めて身辺のガタガタから遠のきたい気持ちが強かったのと、もう一つは、子供のころから考えていたことであるが、母親の腹の中にいて、父親が戦死した中国とはどんなところなのか知りたい、というものがあった。当時はまだ中国と台湾の国情にウトく、十把ひとからげの認識でしかなかった。二つ返事で話は決した。年男は翌日香川大学を訪れ、中国北京大学の留学生梁楽賦を紹介してもらい、さっそく中国語の学習に入った。翌月鈴田社長から確認を受けたとき、もうすでに一カ月前から言葉の勉強に入っています……と報告すると、逆に感謝され恐縮したものである。

自分から挙手して乗り込むからには二度と高松の地は踏むまい。気が遠くなるほどの大事業であることはわかり切っていた。手元の株券もゴルフ会員権も不動産までもすべて処分。友人も思い出も未練をも払拭して——そう、日本を捨て去り勇躍台湾へ渡った。年男四十九歳、絵里子は二十五歳、一九八六年八月のことである。

工場用地の買収、建設、設備導入、社員の採用と教育、販売ルートの開拓……想像を絶するプレッシャーと食を含めた生活習慣のギャップに戸惑い、さがにギブアップ寸前まで追い込まれた。絵里子はことあるごとに泣いた。が、万一尻尾を巻いて一人で逃げて帰るようなことをしたら、それは離婚を意味する……と申し渡してあったから健気に耐えていた。毎日のようにパンツに付けて帰る血尿を見てから、彼女も泣き言を言わなくなった。合弁相手から通訳をつけるよう促されたが、最後まで一人で通したのは期限付きの観光旅行じゃあるまいし、コミュニケーションはあくまで自分の耳と口でやらねば郷に入ったことにはならない、との信念からだが、あとになって考えればそれが台湾を知り、好きになれた大きな要因だった。

駐在して一年が過ぎたころ、岡山の裕子から暑中見舞いの葉書が届いた。精算済みだと話してあったが、さすがに絵里子の顔がこわばった。縁が切れてもお互いの寿命がある限り、暑中見舞いと年賀だけは送り続けます……と言っていたのを思い出した。年男は絵里子の目前で返事の筆を取った。今後、葉書不要……と。これが十年も続いた裕子との最後の音信となったが、年男は彼女によって改心させられたのである。女は終生妻一人。妻以外の女との恋はご法度。万一、そう！　ま・ん・が・イ・チ、間違って対岸の女花が欲しくなったら、そのときばったり金で買う……きわめてデッカい教訓ではあった。

……まさしく、それを地でいった。よく働き？　よく遊ぶ。二年も経ち公司も一応の方向付けが固まると、食前食後に夜食にモーニング。喫茶店、レストラン、ホテルロビー、旅館、飲み屋、理美容店、サウナ……この当時はほとんどのところに相手はいた。それも二十歳前後。台湾以外の外国女性も選りどり見どり。商売がうまくいった、といっては斬り、壁にブチ当たった、としょげては抱く……といった悪癖がいつの間にか日常化していった。

台湾小姐のスタイルとナニの味のよさは東南アジアの中でも群を抜く。腰とヒップと脚の境目がくっきり。ことにヒップが丸く締まって上向いていて、遠目と後ろ姿は優雅そのもの。背丈は日本女性に劣らず大きいが、骨格がキャシャで足の文数も極端に小さい。そう、骨相学。耳をご覧あれ。九〇パーセント以上耳溝は楊枝がやっと通るくらい……膣口が締まっていて陰道が狭く、その緊迫感たるや世界一。それに感性が強い。初めての客と床に入っても相手の怒張を握るとしとどに濡れる。感動が淫腺をくすぐるのだ。きわめて動物的なのであろう。

白川年男――こうして観察してくると、実に人間的な憎めない男ではないか。色事師なんてとんでもない。その折々その相手ごとに精一杯の情をもって接し、子宮の奥底に忘れがたい思い出を刻んで風のごとく吹き抜ける。男はおしなべて四六時中女のことを考える。そしてチャンスがあれば……事情が許せば……乗っかって運転したいものなのだ。ただそれをやるかやらないか。そして……やっても公開するかしないのか。おおよそ似たり寄ったりだと推察される。文字通り童貞のまま初めての女性と結ばれて以来、金輪際一穴を守り通すご仁もいるにはいる。そしてまた一、〇〇〇体以上をこなし今なお精勤中というご同輩も。この落差は何なのか。経験の価値を問われたらどう答えればいいのか……そこに女がいたから、そして折りよく生理現象を催したから……では答えにはならない。セックスの方面を司る脳下垂体の発達が人並みより少し優れているから……それに年男の場合、幼少から聞かされ通した母親の強烈な悶声と淫音でその発達が異常に促された……のかもしれぬ。どう理論づけようと要はスキものなのである。

年男は言う……還暦を過ぎても十二歳の長男に一歳の赤ん坊。なおかつ現下、女房の生理が二カ月も遅れてヤキモキ……なに、羨望はされても同情は要らない。八十半ばで娘がハタチ。めでたく百歳で孫の子守なんて——口惜しかったらやってみるべし?

典型的なO型人間で外向的感情タイプ……灰になるまで色気が失せず、スズメ百まで踊り忘れぬの喩え通り、年男の女体巡りの旅はまだまだ続きそうだ。

エキストラホール　対岸の女花たち

第19ホール　台北、生ゴムの感触

「ドウシテ、ヤメルノ？　ヤッテ、イイヨ……」

秀月はいざ本番という寸前で意味なく手を引いた年男に意表を突かれたようだ。全裸の股間をバスタオルで覆いながら、ベッドの脇でタバコを取り出している年男を手招きした。キッ、とせり上がって崩れない胸、徳利のようにくびれた腰……恥丘といえばつきたての餅のように盛り上がり、かすかな直毛がひと筋……男どもが常に思い描く女体の理想形をすべて備えている。なのに……どうして隠された肝心な部位だけが、かくも貧相なのだろう？　小股を張って臀部を突き上げる体位を取らせ指を這わせたその先には、生ゴムのようなひと塊の肉片が盛り上がってザラついているのだ。異常に肥大した内陰唇がハミ出して、それは指先の行き場がないほどだった。ずっと以前、東京でお手合わせした緒方ユキのそれと同系統だが、さらに輪をかけたような複雑なマン相であった。

包茎、短小、インポに早漏――男とて十人十色だから年男だって難癖をつけるつもりはさらさらないが、見た目と感触は男にとって動物たちの盛り臭にも匹敵する欲情の導火線であるだけに、こうした意外なモノに出くわすとついつい身構えてしまう。女は元来自分の秘部には無頓着で、その形や性能には拘泥しないものらしい。おしなべて同性の持ち物に変わりはなく、毎月決まったモノがあって満足裡に子供さえ生めればそれでいい、というふうだ。大小や形や持久力などに、ことのほかこだわる男には想像しがたい特質だといえる。概して相手の男に、お前のは最高だよ……と言われれば、そうなんだ、と思い込んでしまう。だから秀月も自分のモノの観相も、それを異性がどう感じ取るかなど知る由もない。

秀月は台北市の歓楽街の一角にある老舗クラブ紅花のチィママである。本来は若いホステスの管理や渉外を担当し、こうしてホテルで男の相手をすることは少ない。ところが年男のように日本からやってくる大勢の客を紹介してくれる上客から望まれれば、ママのさじ加減一つで身体も売らねばならないこの世界の掟みたいなものがあって、この日も不本意ながらやってきた。若いホステスに比べて割高ではあったが、店の看板をしょっているだけに商売意識プラスアルファの対応が期待できた。

促されてベッドに戻ると今度は秀月が積極的になった。年男の胸を舐め、完全にその気を失っているのを握って上下にしゃくりながら床に降り、大股を張らせて半ば立ちを口に含んだ。いくらか硬度が増すと脚を押し上げざま後門に舌を差しては舐め上げる。その舌はやがて袋にまとわりつき、玉を含んでは転がし始めた。伝わる快感にも増してその誠心誠意が嬉しくて、年男の茎は裸族のコテカさながら天を突いて背を張った。恥じらいも忘れ、M字に開脚して、差し込んで！　とせがむ秀月。年男は幻滅したくなくて、ことさら局部から眼をそらしながらもう一度亀裂の生ゴムに指を這わせてみた。

ミディアム程度のビフテキを数回噛んでくっつけたような感触が伝わり、容易に秘口には届かない。思いあぐねて二本の指で左右に割ると、ド、ド、ドッ、と淫液が堰を切った。「アッ、アーン……」秀月が切なげな悶声で訴えて腰をくねらせる。中指一本でさえきつい女鞘をかき上げながら親指の背で花芯をこすると、「到了！　出来啦！」――激しくイッた。若い美形のイキ顔は男を狂わせる。意を決して枕元のスタンドを傾けて股間を照らす。と、気をヤッた淫汁の大河は肉厚を増し、大輪の花びらをかき広げると鮮やかな濃紅の秘口が露出した。ヒクッ、ヒクッ、とすぼんでは開く度に白っぽい濁液が溢れ出る。怒張の切っ先でさらに押し広げ、上下になぞると秀月は角度をずらして陰芽をあてがってきた。恥骨を突き上げ、せわし気にしゃくってたちまち二回目の絶頂……。

生ゴム？　ミディアムの肉片？　お呼びじゃない！　ズブリッ、と肉杭をぶち込むとウォッ――秀月が吠えた。男の欲情を受け入れ、ありったけの愛液を満たして迎え入れてくれれば男たるものそれ以上望むものなどあり得ようか！　ともすれば初対戦の相手を幻滅させかねないあの醜い生ゴムは、きつめのパッキンをかましたごとく年男の根元をバッチリ包んで情を送ってくる。スラッ、と長い両脚を肩に抱え上げ、深々と差して小刻みに腰を使うと秀月は器用に腰を同調させ、両手でマットを叩く……やがて女子プロレスばりのブリッジよろしく腰を突き上げ背を反らせて静止した。強烈に押し寄せてくる快感に耐えかねているようでもあり、相手のフィニッシュの頃合いを計っているようでもあった。

たまらず年男は小刻みにケイレンしている子壺でひと吐き、身丈を少し引いて空間をつくっておいて、ド、ド、ドッ、と一気にぶちまけた。寸分たがわぬ相合アクメであった。吐液はたちまち入口に溢れ出た。緊迫した陰内にはそれを溜めるスペースがないのであろう。

促されて同伴出勤する道すがら、秀月はあのときどうして中断したのか、としつこく聞いた。気にさわること、してしまったのかなぁ？　とも言った。

産婦人科の診察以外みだりに人目にさらすことのない恥部を興味本位で視姦して、きれいとか醜いとか採点する愚かな男を許して欲しい。美醜に関わらず、結局はそれを使って欲情を全うする身勝手なオスの性《さが》をわかって欲しい……年男は胸の内で手を合わせていた。


終生女は妻一人。万が一対岸の女花が欲しくなったら身の丈に合わせて金で買って食えばいい……年男の「思い入れ」であるが、その万が一が台湾に渡ってエスカレートしていった。指折り数えれば多少の折り忘れはあるにしても、確か現下の愛妻が五八九人目の女。代償を払って乗っかったのを含めれば八〇〇人はゆうにオーバーしていた。

赴任した当時は日本から毎月大挙してやってくる顧客のたっての要請に応えて旅行社のガイドよろしく夜な夜な享楽の花園へ繰り出した。慣れない外国での不安もあってたいていの客から、お前も一緒にやろう、とせっつかれやむなく？　行動をともにした。こんな場合、ヤリ手婆さんは年男の顔の広さを重宝し、タダで極上のをあてがうのである。が、ホテルの部屋に入るなり喧嘩をおっ始めるヤツ、チップの額でもめるヤツ……そんな仲裁や、小姐の家についていったまんま帰らず大騒ぎになったり、タダとはいえ、それはそれで結構手間もかかるのである。

年男の趣味はといえば女とゴルフ。この二つには目がなかった。東南アジアシニア大会をはじめ六つの現地コンペに参加して年間のラウンド数は一〇〇回を超え、年に二回は外国へ遠征した。たいていのメンバーが日本を希望する中で年男だけは見向きもせず、もっぱらベトナムやミヤンマーなどの発展途上国を好んだ。目的が人と少しばかり異なっていたのである。18ホールだけでは完結せず19番ホールをラウンドしないと収まらないタチの悪いプレーヤーなのだ。

その手始めが……。

第20ホール　チェンマイ、月夜の交わり

そんな歩く性器みたいな年男がタイはチェンマイへ行ったからたいへんだ。表向きはこともあろうに製造コストダウンのための市場調査だというから厚かましい。

この地はひと昔前、玉本某というその道の大先輩が十四、五歳の美女十数人を一つ屋根の下にハべらせてそのミニハーレムに君臨した。「そんなイイこと許せるか！」とヤキモチ

焼いた地元の官憲が腹立ちまぎれに告発した。そうしたらヤッカミ半分のマスコミが「東南ア、否、世界の美女群生地！」はたまた「選りどり見どり！　未熟に半熟、好みで完熟……虚弱な男は即腹上死！」みたいな言い回しで大報道。たちまちこの地を世界に知らしめた。女性がキレイの定説が事実であることは一歩足を踏み入れた途端にうなずける。世にいう美形は目鼻立ちがキリッとしていて彫りが深く、一見して近寄りがたい雰囲気を持つ。こちらは違う。とにもかくにも人なつっこくて開けっぴろげでよく笑う。愛らしいのだ。

顔立ちは小ぶり。濃い眉と大きな瞳に神秘が宿る。タイ人のルーツといわれるタイヤイ族、別名シャン族はちょっと浅黒く口唇が厚くて、一見泥臭い。バンコクの界隈ではこの手の娘が目につくが、チェンマイの女性は垢抜けていて気品があり、見つめられると思わずハッとして眼を反らしてしまうほど魅力的だ。

髪の毛は漆黒。皮膚は小白くてしっとり。そうだ、宮沢りえチャンをちょっと野生化したような……そんなイメージ。背丈は高くても一六〇センチ。概して小さめだがヒップは高い位置に盛り上がっていて、あたかも皮剥かれたラッキョウがすくっと立ち上がったよう。腰はキュン、と絞られていて、まるで蟻さんがワンピースをまとったよう。だから立ち居振る舞いにリズムがあって張りがある。

タイ語でソンと呼び、レディスハウスと言っても通じる、旅人とチェンマイレディとの出会い置屋がある。娼館とか売春宿では夢がない。この手の店は一〇軒ほどだが、マッサージパーラー、KTV、ディスコ……と出会いのチャンスには事欠かぬ。商品陳列は金魚鉢、ヒナ壇、水槽、ガラス部屋……と多種多様。料金もCクラス一、〇〇〇バーツからAクラス二、〇〇〇、スーパークラス三、〇〇〇以上までランクがある。年男はガイドに多めのチップをはずんでVIPクラブへ乗り込んだ。ヤシ並木の奥に真っ白いシャレた洋館。重厚な木製のドアを開けると真紅のカーペット。さらに進むと女人の館、まさに竜宮城。洋酒片手に豪華なソファ。やがて軽快なBGMに乗って……オオッ、どどっと左右からオンナの洪水が！

わずか五人の客の前に五〇人の美女軍団。呆気にとられて眼が泳ぐ。こうした夢芝居の舞台は己が庭の猛者にして胸が高鳴る。第一印象で一発勝負ならこの娘たちはすべからくオンナの価値率一〇〇パーセント。日本のミス選考会場ならたかだか五〇パーセント止まり。ここチェンマイ会場は性指向、ミス選考会場は総合美学指向。選考基準に大差ありといえども、ヒイキ目に見て日本馬は駄馬、この馬群はあまねくサラブレッド。並みいる美女を前に、女の価値って、いったい何だろう？　ふと哲学思考が年男の頭をよぎる。

さて、星空が抜けるようにきれいな城壁の街、ここチェンマイは別名「北方のバラ」と呼ばれるタイ国第二の都市。首都バンコクの北方七三〇キロ、海抜は三〇〇メートルだから真夏でも三四度くらい。十三世紀にメイライ王によって建国された。人口一七万人。濠に囲まれ至る所に土塀があり、ピン河流域にはシャレた橋。何とはなしに古めかしくて落ち着きが感じられ、夜の静けさは田舎そのもの。避暑地としてよく知られ、ちょうど軽井沢を京都化してそこにレディスフラワーをパァッ、と咲かせたよう。コットン、シルクの生産が盛んで民芸品も豊富だし、果物も選りどり見どり、タイ料理以外に中華料理や日本料理も軒を連ね、長期滞在にも飽きることがない。街には人力車も走っていて観光客に人気があり、一〇バーツも払えば気楽に観光案内してくれる。またトゥクトゥクと呼ばれる軽三輪のタクシーがあり、運転手の人柄も悪くない。概して街行く人並の屈託ない笑顔が印象的で、観光客にも愛想がよく治安もしっかりしている。

年男が主役みたいな女がらみゴルフ会一行一二名。この日、台湾中正空港からタイ航空で直行三時間。ウェスティンホテルのデラックスルームで旅装をとく間もそこそこにロイヤルチェンマイゴルフ場へ。ハンディキャップ2を筆頭に一二人の平均ハンディは11という猛者ぞろい。このメンバーはもともと台湾の名門コース林口ゴルフクラブのシングル集団で、現在はシニアハンディになっているとはいえクラブチャンピオンを一度は経験している面々だから、ゴルフに対する思い入れは半端ではない。年男の場合、入会して六カ月の間ハンディキャップがもらえなかった。外国人だということより腕前の評価とマナーやゴルフに取り組む姿勢を厳しくチェックされたのだ。

ワンバックキャディに傘さし専用の娘が四人つくからワンパーティ一二人のにぎやかさ。まるで物見遊山の光景でも、アマチュアとはいえ腕に覚えのあるゴルファーには独特の雰囲気があり、その場の空気が引き締まる。だから遠征するとプレーそこのけで手頃なキャディをくどきにかかる年男はまさしく異端児。こうした場所にはそぐわない。「おぃ！ 19番はベッドでやれ」——軽挙妄動をたしなめられた途端、年男のドラコンボールははるか彼方の樹林に消えた。

本来なら人一倍スコアに執着する年男だが、旅先ではなぜか人格が豹変する。インに入るやプレーはうわの空、思いはとっくに19番ホール。ホテルに帰ったのが午後二時。さっそく行動にはいる。まずボーイをつかまえて世間話。チップをニギらせてからやおら切り出した。「イイの、いるかナ？……」「ハッ！　アァ、マッサージ、ネ」……そうじゃないでしょ！　右手の小指、見えないの！

「ハーィ、ハィ、ダンナサマ、イル、ナンテモンジャ……！　未熟ニ、半熟、コノミデ完熟……」

ちょっと待て！　そりゃ誰かのおハコでしょうが……。

オールナイトで二、〇〇〇バーツ。ＯＫ出るまで品定め無制限だという。そのとき電話が鳴る。「今から参ります」と現地ガイドの声。緊褌一番、年男は例のＶＩＰ戦場へと赴いたという次第である。

ヒナ壇に歩み寄って見渡すと遠目より化粧の下ははるかに若い。うつむいて眼を伏せる。純情なのだ。「年さんヨ。あの一八番イイよ」と外野席からお節介。背が高くてヤセっぽちはいかんぞ……これはおやじの遺言。年男自身も経験でそう思う。いわゆる実質面で最低なのだ。古くは萬田久子、最近では松嶋菜々子タイプ。股が透けて筋肉質。タダでも要らん。中背で小太り、次いで耳を見る。耳は女の部位の断面とか。これは昔、遊郭のボスが授けた骨相学のさわりの部分。外耳溝が細くて長くて上向きで……説明している暇はない。

#三八、名をニータといった。二十歳。自信もって選んだチョベリグ。そう！　かつて出会ったことがないほどの上玉だった。

番号を呼ぶとヒナ壇を駆け降りざま前のめりに転んだ。借り物のハイヒールがぶかぶかだった。回りから大笑いされながら年男の席へ。膝小僧の血をビールで拭いてゴルフのために用意したバンドエイドを貼ってやると、困惑の表情からはにかんで身をすり寄せてきた。

ミニのジーンズに亜麻色のブラウス。「ウレシイ！」を連発する最愛の天使をカラオケバーへエスコート。薄暗いボックス。抱き寄せてスキャンティ越しに花芯をまさぐったら心なしか未熟な果実にはそぐわぬ香りが漂った。もしかして……？

部屋に戻ったのが二十時過ぎ、ややあってお互い着衣のままベッドに横たわる。白いブラウスから転げ落ちそうな隆起を揉みしだきながら、本能的に最も気になっていた下腹部に手を伸ばし、控え目で短い亀裂を割ると濁流が堰を切った。そこには若い蜜と月の雫が渾然としていて思わず指が硬直する。ニータはかまわず自分の着衣をかなぐり捨て、年男のバンドに手をかける……吐息が荒い。耳を噛み頭毛をかきむしる。もはや狂気だ。

毎月一回女性を襲う洗礼。そう！　これぱっかりは誰のせいでもない。が、たいていのことはやってきた年男にして、月夜に交わった経験だけはなかったのだ。

病床の女を手込めにしているみたいで乗り切れない。シャワーを浴びる、と身体を離し、即座に床にひれ伏して腹痛の仮病芝居を演じざるを得なかった。苦悶して見せ、トイレへ駆け込む。仮病とも知らず「ダイジョーブ?」と気遣うニータ。

一人でいたいから……とイヤがる彼女に身支度させ、さらに五〇〇バーツ握らせたら、逆に先払いした二、五〇〇バーツを足して押し返す。それをブラジャーの谷間に強引にネジ込んでドアの外へ。別れ際、「ゴメンネ……ウソツク　ツモリナカッタ!　デモ……」――でも、明日の昼までにどうしても三、〇〇〇バーツ必要だったと言い、人差し指を唇に当て、ボスには言わないで!　と哀願した。……かなり激しく泣いた。

ソファに戻り煙草に火をつける間もなくチャイムが鳴った。そこには立ち去ったはずのニータがいて、つかつかと入るなり受話器を取りふた言み言。そして改めて股間を指し「ドウシテモ?」と念を押した。実に哀れであった。愛しくもあった。

三十分ほどしてチャイムが鳴り、彼女はもう一人の自分を招き入れた。双子なのか?……が、こちらは体もキャシャだし化粧っ気もない。それに何よりも幼い。「Name is Nang. She's my sister」と言う。姉は妹にひと言ふた言。肩をポーンと叩き、フルーツ買ってくるから……と部屋を出た。

代替えだナ……年男は実のところ困惑した。この半熟天使、どう扱えば……。が、ナンちゃんは屈託がない。急いで引っ掛けてきたらしい姉のロングドレスを脱ぎ捨てベッドに潜り込む。タイの歌番組のボリュームを最大にして身体を揺する。呆れて見ている年男を時々横目で窺い「ヤラナイノ？」ってな感じ。興味半分に近寄るとナンは自ら毛布をパアッ、と蹴飛ばして下半身をさらけ出した。

マスク大のパンツも剥ぎ取った。無い！　まるでツルツルの恥丘の下端に褐色のスジが糸くずのように見えるだけ……。ボランティアといえども、もうイヤだ！　その未熟な生きものに優しく毛布を掛けてやり、コーラを差し出すと赤ちゃんのように喜んでウインクした。

やがてお姉さまがお戻りになった。すぐさま事情を察して妹に小言。叱られた妹は年男を指さして肩をすくめた。「オジサン、インポ……」と言っているように思えた。インポどころか出会って間もなくジーンズのスカートの上からグリ、グリッ、と股間を突き通したチタンドライバーを姉は忘れてはいない。彼女はそんな年男をフビンに思っているようだ。電灯を消しテレビも切った。全裸に剥くと息を荒げ、狂おしく身体中をまさぐって突拍子もなく硬いモノに噛みついた。やたら唾をたらしリズムも狂っていて歯が当たる……お世辞にもうまくはない。

頃合いを見て妹につなぐつもりが理性を失った。手早く自分の下着を足指でからめ取るやいなや、年男に馬乗りになってつなぎにかかる。大股を張ったそのとたんドドッ、と熱いおびただしい「オンナ」が滴り落ちた。ハッ、と我に返ったニータ、眼を凝らして一部始終を観察していた妹を強引に引き寄せざま「乗れ！」と年男を促す。理性……？　もはやない！　姉妹丼？　それがどうした！

グッグッ、と夜目にも幼い腿を開く。両脚を曲げ上げ紅い糸くずを上下になぞる。蜜の濃度は淡泊だが、姉に劣らぬ迎え水。差す！　突く！　恥骨が激突する……。身丈の半分が納まり切らず、感情の高ぶりとは裏腹に吐きそうで吐けぬ……。「ナカニ　ダサナイデ！」妹が言った？　否、隣で背を向けてオナっている姉の方だった。年男を妹から引き降ろして仰向かせ、足元にひざまずいて見苦しいほどの怒張をくわえ込んだ。リズミカルに上下左右に顔を振り、卑猥な粘着音を発して……素晴らしい演奏だった。「ニーちゃんッ！」下半身がケイレンしたのはわずか二分後だった。

すかさずナンがバスルームに立ってタオルを手に戻ると、頬をいっぱいに膨らませた姉に差し出した。

彼女たちが月一回休まねばならないのはこうした職場の世界共通の不文律で、汚れた体で出勤して万一ボスにばれれば罰は厳しい。ここの場合半年は店に近寄れない、とガイドに聞いた。ニータはそれを承知の上で——体調を知った上でそれでも許してくれそうなオジサン、そのためにはかまわずヤル助平な男で口の堅そうな人、そんな相手に巡り会えるよう願っていた、という。

誰あろう、まさにそれが年男だった！　明日には終わるから指名して！　とすがりつくニータ。この街には選べる相手が一万人いるという。地元はもとより中国雲南省、ミヤンマー、カンボジア、ベトナムからの出稼ぎが三〇パーセントを占める。つまり、このニータは一万分の一の選良なのだ。未練たっぷりだが日数が少ない。「明日の六時までに元気になったらおいで。逢えなかったら今日の店で#二〇を誘う」と宣告。

「Thank You!　アリガト！　?·?·?·!……」三カ国語で嬉しがり股間を突っついた。かたわらではナンが小さな左手を出し、右手で股間をさする。顔をしかめて、痛かった報酬を要求した。……一、〇〇〇バーツでは少なすぎたか。

この日就寝したのが朝三時。姉妹の間に文字通り川の字。年男はスヤスヤと寝入るあどけない寝顔を交互に見ながら自問自答する。「これでイイのか？　同い年の橋龍や小渕に森さんは、日本の舵取りをしてるじゃないか。チェンマイの果てまで来て小舟のカジ取りしてどうする！」良心が嘆く。なーに、こりゃ、単なる夢なんだと悪魔がささやく。

結局年男は一睡もできず五時のモーニングコールを聞いた。「お前、大丈夫か」自分に聞いてみる。今日の対戦相手の顔とニギリのHCが明確に頭に浮かぶ——何とかやれそうだ。

バイキングの朝食の席に着くと待ちかねたように六人の仲間がすり寄ってきた。戦果を聞きたいのだ。男の心理はおもしろい。まず回数を聞き、次いで味の善し悪しを聞きたがる。数回こなしすべて最高だったと吐露すれば、なーんだ、といった表情で聞き流そうとする。なのに、さっぱりダメでコトに及ばず金だけ払って帰した、とでも言うものなら、ふん、ふん、と眼を輝かせてうなずくのである。

女なんて入れて回せばみな同じ。わざわざ大金を払ってまで身体をすり減らすなど愚の骨頂のやることだ……まさにこれこそがノーマルな男の観念だとしたら、そのうち自分の首を締めるための縄を寸暇を惜しみ夜なべしてせっせとなっているのだろうか——年男はいつもこんな場面で村八分にあったみたいな空虚な気分を味わわされてきた。

実際マッサージをして宵寝し、体調万全の面々の中にあって一晩中かけて大仕事をこなした年男の五体は明らかに見劣りし、それはどう見ても愚の骨頂を露呈していた。

この日ゴルフを終えてホテルに帰ったのが正午過ぎ。死人のごとくぶっ倒れて睡眠を貪ること数時間。セックスマシーンに本来の精気がよみがえってきた。

だが、六時を過ぎてもニータは来ない。

八時、シビレを切らした。一人でトゥクトゥクに乗って、勝手知ったる昨夜の店へ。元気が回復しなかったかニータの姿はない。セカンド候補の#二〇の顔も見えぬ。結局最後列でウインクに投げキッス、と忙しい#三五を指名。アイちゃん、すっごく大柄で肌が少し浅黒い。ミヤンマーから来たシャン族だ、とガイドが言う。肉感に溢れた美人だが、ニータに比べ知性に欠けた。そこはハッ、とするような胸と脚で相殺するとしよう。

ルームナンバー一〇二二、年男の激戦場。そこにはドアを背にしたニータがいた。親しげに腕をからめた二人を見ても平然としている。自分に落ち度があるからだろう。ライバル同士がにらみ合い。突然アイちゃんがニータを突き飛ばし、キーを差す。ニータが彼女のバッグを掴み、入れまいとする。

……こんな場面、男はどうすれば？　二人を部屋に入れて落ち着くのを待つ。……否、落ち着くわけがない。アイちゃんは血の気の多いタチらしい。目が血走ってきた。冷静なニータが店に電話。マネージャーが出て年男に代わった。「シャチョさん、3Pやっか？　四、〇〇〇でイイよッ」北京語がうまい。「三八番は昨日からの予約だ」と年男。怒り心頭のアイちゃんに一、〇〇〇バーツ渡して決着がついた。ドアにロックしてソファに戻ったニータが年男の膝に転げ込んで開けっぴろげに泣いた。

「何としてもニータ……」きのうからの年男の純情？　が通じぬような娘ではない。

六人兄妹の五番目。三歳のころ、田舎の小さな織物屋の老夫婦の養女に出されたが、中学卒業を前に工場と住まいが全焼して養父は焼死。借金取りに押し掛けられ義理の母娘はどん底の生活の末、ニータは自分の意志で五万バーツを前借りしてこの世界に身を落とした。この前借りの完済まであと一年余りだという。……こう書けば物凄く湿っぽいのだが、実際彼女はまるで人ごとのように身振り手振りを交え、あどけない笑顔で通したので年男は救われた。

「だから若い人はキライ！　お年寄りダイスキ！　義父と思って尽くしたい！」ニータは年男の顔を両手で挟み、眼を見つめてそう言った。

嘘でいい。嘘でいいいんだヨ。わずか三日の付き合いだもん。

続けて店で出会った折、キズの手当をする年男を見てタダでもいい、この人なら……と心に決めたという。……もういいっ！　もういいよ。台湾に帰れなくなるじゃぁないか！

年男は年甲斐もなくほろっ、ときた。

生理は女の生理を左右する。キンゼイ報告によれば排卵時に欲情するのがノーマルとされ、これは哺乳動物のサカリと符合する。女性がこの期間の後先に感じやすいのは内性器が充血して極度に敏感になるから……とはSEXカウンセラーの論証だ。秘肉が盛り上がって息づき、高温多湿。愛液前腺が括約筋を刺激して膣圧高し……とは年男の臨床知見。昨夜から積極的に仕掛けに応える彼女の異常な反応と二十歳にそぐわない欲情が年男のヤル気に火をつけた。……が、それをじらすのも男の醍醐味。

「下のナイトバーへ行こう」と立ち上がると、両肩に手をかけ強引にソファに座らせるや花柄のミニのワンピースの裾をたくし上げ年男の頭におっかぶせるニータ……。ふくよかな恥丘が鼻に正対して女の香りが漂った。

少しだが汗臭い。が、それにも増してフェロモンの香りが性腺をくすぐる。ニータは無我夢中。鼻に陰裂をあてがい上下するものだから鼻骨に劣らぬ硬さの……ちっちゃな突起が鼻頭に当たる。たちまち切ないオ・エ・ツが漏れる……まさに〝厄後の嵐〟である。

やにわに抱え上げ絨毯の上に押し倒す。ワンピースを引きちぎる。チチバンドとズロースが……いや、カネボウブランドのDカップと濡れたパンティが宙に舞った。寝かせると上向いた丸い臀部がテコとなって、いきおいアソコの部位が上ツキに。ご存じか、古きは宋の時代から、一上、二饅、三蛤……と「ウワツキ」は十ランク中トップの格付け。ちなみに最悪は「十臭」。昨日のニータがそうだった。

今のニータに前戯は要らない。舌をからめ＝喉を鳴らし＝腰を突き上げる。右手でドライバーをしごき、左手はしとどに濡れた自分の女口をさする。ア然！　飽きずに顔ばかり見ている年男に業を煮やし、先走りしている男を跨いで超ミニサイズの防具を無理くりかぶせようとする。そう思った。違うのだ！　それほど締まった膣口が頭をグリップして一、二秒男の脈を数えていたが、「ウオッ――」。息をつめ、女のはらわたがうめいて大腰放った瞬間、グリッ、ときしんでくわえ込んだ。恥丘を合わせ小腰を使うとほんの数秒後、眼を見開いたまんまケイレンして果てた。ぬめった長い舌を差し込みざまシャフトの上・中・下を器用に締め、「ウッフン……」といたずらっぽく笑い「シャワーしてベッドへ行こう」と手マネで誘った。

部屋中のライトをつけ、Please show me!　とお願いするとウン、とうなずいて飯島直子の妹ばりのキレイな顔を上向けて目をつむった。マツ毛が長い。鼻が小高くておちょぼ口の両端が少しめくれ上がっていて可愛い。名器の定義を探ってみたが決め手が見つからない。ベッドの端に仰向かせ真っ白い腿を割ろうとするとさすがに逆らい、電灯を消して……と言う。プライドを捨て手を合わせるとコックリして力を緩めた。男の体が入れるくらい開いてやっと花弁がのぞく。後門に向けて指を当てると恥骨は二本の指の間に納まる。四本でも余る白人さんは太平洋、わが同族は三本が平均値。男女を問わず性器のサイズは経済と文化の発展に反比例するという学説がある。

小指を差し入れてこの緊迫。中指に入れ替えると膣壁がうごめき出し根元と第三関節が交互に締まる。この部位だけが無意識のうちに独立して息づき、うごめく……天性だからこそ逸品であり、名器だからこそ希有なのだ。

ルームライトの下、視姦と指戯に耐えかねた逸品名器はシーツをたぐって顔を覆い、年男の両手を引き寄せて「アサマデ……ヤッテネ!」とささやいた。

実際その通りになった。何回ヤッてもその気が失せぬ。ノーマルにアブノーマル、ミッドナイトにモーニング。体位は二〇手に及んだ。

さて、何回ヤッても飽きないモノとは？

一つには観相。見るからに舐めたい衝動に駆られるヤツ。もう一つは高温多湿。濡れねばならぬ。技巧のゼイを尽くしても唾を要す類は男のインポと同等だ。あと一つは相性。男女の交わりは感情と機微とのからみ合い。そして最後が名器。キンちゃん、カズちゃん、タコちゃん……とあるが最良はカズちゃん。洋の東西広しといえどもこの真性カズノコの感触を的確に描写できる作家はいない。

……なんとニータはこれらをすべて満たしていた！


ゴルフを終えて二時。部屋に入るなり睡魔が襲った。そして四時、チャイムに起こされた。ニータとの約束は七時。早すぎる。ドアを開けるとくだんのボーイがいた。「キューケイ、チャンスネ！」

断ればいいものを寝そべって獲物が得られる手軽さと持って生まれた征服欲が頭をもたげた。……上玉が来た。三十歳差し引いた加賀まり子ばり。コーヒー色のシルクのブラウスにシャネルのバッグ。少し濃いめだがメイクは垢抜けていてプライドが高そう……苦手なタイプだ。

気取っていた女はボーイが出てから豹変した。手際よくシャワーを注ぐと年男を促してバスタブへ。自分の前をシャワーして連戦激闘、半ば死にかけた男を口に含み微妙に笛を吹いた。反転して腰を落とす。たった今流したばかりの秘境……相当のぬめりだ。深くハマった年男の根元で指が小刻みにうごめく。自らスターターをかき上げアッという間に昇天した。「アナタ　ジョウズ　ネ！」

……オレ、何もしてないってば！　むなしさが年男を襲った。この世界で二十四歳は熟女。毎日でも男が欲しいと言う。

ベッドに戻ると仕上げをしよう、と息をはずませる。生硬い頭に舌を這わせ右手は袋、左手を根元にからませてしゃくりながら、年男の手を取ってぬめった湿地へといざなった。そこはもうソソウしたか厄日そのもの。興奮のあまり厚みを増した唇が熱い！　差せばたちまち達する風情だ。案の定三腰で昇りつめた……立てるのがうまい、イクのも早い、一、〇〇〇バーツ受け取ってバイバイ――帰るのも早かった。

きっかり七時、本命が来た。「ハーイ。オミヤゲ」……年男の身に電撃が走った！　それは純白のシルクのカワユイ赤ちゃんの服だった。九カ月の赤ん坊がいるとガイドに聞いたらしい。瞬間長女が笑いかける……と、これほどまでにノメリ込んだ天使がただのメスに見えてきた。帰らねば！……その夜年男のジュニアは完全に黙して死んだ。

娼婦――。さまざまだ。この年端も行かぬニータは「キョウカギリ　ワタシヲ　ワスレテ！」狂いそうな男に釘をさし更生させるさせる術を知っていた。たとえそれがわずか一夜妻であったにせよ、心が通じる相手にはありったけの情を尽くす。ニータはやっぱりチェンマイきっての天女であった。

第21ホール　中国珠海、酒池肉林の夢幻境

初めてのゴルフ場でやりたい……変わったホールに入れたい……ゴルファーの心理は女遊びと隣り合わせ。あくなき欲望は男のロマンか。

年男はこのころ、東南アジアシニア大会主催の軽井沢旅行に誘われたが、お断りした。理由は明解、日本ブランドは愚妻だけで十分、もはや食べ飽きた。インドネシアの離れ島もやめにした。理由は簡単、その類の女性がいないから。

そしてゴルフや人生の諸先輩のシングル集団、高手隊のゴルフ旅行に飛びついた。広東省は珠海、総勢一〇人で台北からマカオを経て現地入り。二十世紀の名プレーヤー、J・ニ

クラウスとA・パーマー設計の名門コースも素晴らしいが、夜の19ホールにははるか及ばない。いまや世界に名だたる淫楽のメッカ。おかっぱ頭に人民服の小姐しか見当たらなかった時代はとっくの昔。改革解放の波に禁断の領域は狭まり、夜の街は共産主義など思いも寄らぬ変わりよう。

そう！　いまや中国の夜は男の天国。独裁帝国もまんざら捨てたものじゃない。

今回のホテル国際会議中心で旅装をとくなり街に出て、まずは高級レストランで宴会。本場の広東料理はさぞうまいであろう……と思うのは人の常。ところがどっこい、当てはずれ。近年中国菜の本場は台湾に移籍した、という噂が立証された思いでがっくりきた。この程度なら台湾の屋台さながらだ。聞くと見るとでは大違い。それにビールは台湾の倍額近い。この分だとアッチのほうも評判倒れか、と内心ひやひやしながら早速品定めへと移動する。

行った先は百年華KTV。足を踏み入れてぶったまげた。いるわ、いるわ……一〇〇坪ほどのフロアに小姐の大群。野鳥の会じゃないから正確に数えたわけではないが、サバ読んだら三百人は優に越えている。さすが大陸は桁が違う！

ベトナム、ミヤンマー、チェンマイといずれも言語に苦しんだ年男だが、ここは全く不自由しない。見た目だけじゃなくて話すうちに気心が知れる。それにしても、これだけの小姐、客にありつける確率は低かろう。

どう見ても買い手市場だから、彼女らの目の色が違う。ウインクあり、パンチラあり。どれもこれも粒ぞろいだが、どちらかというとタイやフィリピンに比べて表情は暗い。一〇人掛けの豪華な個室、美女軍団が次から次へと入場してくる。年の頃なら十九から二十二歳。そろってみんな背が高く、一六〇センチ以上はありそう。中肉以下で、太めはいない。ただただ圧倒されて目は泳ぐばかり。今夜の目当てはモノは二の次、長身で細身のモデルタイプと決めた。

入れ替わり立ち替わり横に座って話しかけてくる。「アナタ　ニホンジンカ?」と、どの小姐もそう聞いてくる。いやというほどお金は貢いでも、永遠に殺戮軍団の汚名は消去していただけないお国柄だけに、イエスがいいのか、ノーがいいのか——中をとってハーフだ、ということに。が、京劇人形みたいな濃い眉は隠せない。すぐにバレた。

やがて……折り合ったカップルが肩抱いてチューを始める。年男がハナっから眼をつけていたのがはす向かいの他人様についている四十三番。こっちに回して……ともいえないから、我慢強く成り行きを窺う。決裂したみたいだ。早速もらい受けた。

終始顔を伏せてうつむき加減。瞳をくるくるさせて感受性の強さがうかがえる。色白で胸がデカい。そう、オハコの骨相学。下付きで恥骨が高く毛薄型。どちらかといえばタイプではなく多くは望めぬが、長身でしなやかな身体に惹かれた。名は鈴珍。十九歳で上海郊外生まれ。地元の高級中学（高校）を出るなり出稼ぎにやってきたらしい。

月収が五、〇〇〇人民弊のうち一、五〇〇元は父母に仕送り、同業の友人三人と共同生活をしているが、生活に不自由はないという。日本人は好きかとの質問に、兄が漢方薬の商売で日本人と親しく、自分も一度行ったことがあり大好きだ、とのこと。日本の男性は気前がよくて、何によらず大ざっぱなので付き合いやすい、という。女と見ればヨダレを垂らして金銭に糸目をつけない我が同輩のお人好しぶりはここでもとっくに評判のようだ。ところが……三〇〇分の一を抱いて部屋を出るとき、白いドレスの小姐と偶然眼が合って思わず身震いした。これだ！　と思ったが時すでに遅し。結局、鈴珍にいざなわれてホテルへ。

鈴珍は部屋に入るなりシャワーの準備。時間はたっぷりあるのに気が早い。初めての中国初対戦。胸躍らせて妄想する。……無口で控えめだが、今にあまりの快感にビビアン・スー似の童顔を引きつらせ、七転八倒する媚態が眼に浮かぶ。

バスタオルを巻いた鈴珍がベッドに正座して言った。「マイニチ、ヨンデ　クレル？」うーん……約束はできかねる。それに味見もまだ終わっていない。が、こういう時、いいよ！　と断言するのがうまく遊ぶコツ。相手の気の入れようが違う。男女の交わりはお互いの感情が九〇パーセント。セックスというもの、気分が乗らなきゃ、ただのこすり合い……と、かのバリトリンさんも断言していらっしゃる。そう！　四日連チャンをOKしたら気分が乗ったか、彼女の表情がパァッ、と明るくなった。

シーツを剥ぐとポロン、とDカップのバストが転げ出た。心なしか左の乳頭が少し大ぶり。うなじに舌を這わせながらもう一方の隆起を揉みしだき、左の乳首を口に含んで転がすと、ア、ァ、ァと早くもオエッが……。

弾力があり、張りがあってキメが細かな肌。どこを触れてもピクッ、と反応する女体。いい年のオジンに触られての拒否反応だろう……？　外野席ではそんな負け惜しみもいいたかろうが違うのだ。分析通り、持って生まれた鋭い感性のなせる技。盛りッ、とした恥丘はアッ、と驚く剛毛樹林。年男の骨相学もアテはずれ。その密林を優しくかき分け秘裂をさぐりながら、自慢の長尺ドライバーに手をいざなうと、自分から股を割った。すでに先走りした怒張を手にして喘ぎが増した。亀裂はささやかで下方には恥毛がなく、ナヌッ！　湿気もない。芝居しているとも思えないのにどうしたことか！　おそるおそる二本の指で左右に割ると……ドロッ、と一気に溢れ出た。ヤルか？　と聞くと膝を立てて大股を張る。じらしじらすのが年寄りのイヤらしさ。感度の鋭い左の乳頭に愛撫を送り、陰蕾を転がす。ウ、ウ、ウッ……腰を突き上げて、イッた。吐息が荒い。人指し指を差すと窮屈な膣壁がヒクついて、熱っぽい淫液が指を伝う。サテ、この鈴珍、本番でもイケるかどうか。もし陰道で達する本味を知っていたら四連チャン、クリトリス派なら交換、と腹くくる。

正常位をとって、キッ先で上下になぞり、一気に突いたところは下方の洞穴。慌てた鈴珍が頭を掴んであてがった位置は意外にも上の方。そう！　思いっきり上ツキなのだ。ここでも骨相観ははずれたがそれでOK。ブドウの実を丸ごと口に含んで果肉を吸い出すようにクリッ、と輪筋がヘッドのネック部分を緊迫する。とろけるようなこの感触だけで今回の旅行の元はとったようなもの。それほどまでに気持ちいい。恥丘を合わすとピタッ、と密着して隙間がない。上ツキの典型だ。控えめに小腰を使うと、ア、ァ、ァ……鈴珍が年男の背に抱きついた。のの字を描いては突き上げる。左の乳房は彼女の性感帯。それを吸いながら反覆すること数十秒。「イ・ッ・チ・ャ・ウ！……」切ない悶声が訴えて力が抜けた。頬が火照り背が冷たい。堂に入ったアクメである。

今度は反転させてバックから。ぷっくり充血した羽二重餅をかき広げ、腰を引きつけると陰道を通り越して子宮口にブチ当たった。ヒィッ！――即座に直伸したものだから、はずれて空を切った黒光りが宙に舞う。「アナタ、オオキイ！」……それほどでもないが、上ツキは得てして奥が浅いもの。ここで電話が鳴った。取るとガイドさん。どうですか？と聞く。きわめて順調だ、と答えると、在庫は腐るほどあるから無理しなくてもいいよ、だと。

ベッドに戻り仰向かせて腿を割ると、両手で隠し、明かりを消してと哀願する。顔にバスタオルを掛けてやると手を緩めた。包皮を剥いて舌で突っつくと、ヒクッ、ヒクッ、と小刻みに腰が震える。手は使わず集中的に蕾だけを攻めておいて大股を開くと、尿口脇の二つのバリトリン腺口からなおも透明な肉汁が噴き出して、見る見るうちに桃色の溝を埋める。さらに舐め上げると膣口から濁液がにじみ出て会陰を濡らす。鈴珍がベッドの端をワシ掴みにして、頭を激しく左右に振る。わざとらしく口を離してずり上がり左の乳房に取りかかると、ドライバーを握って股をすり寄せてきた。

……やおら乗っかっていざなうと、とっさに大腰を使って突き上げてくる。「イッショ！シャチョサン、キテッ！」絶頂の頃合いを確かめ、動きを止めると奥深いところで、ビ、ビ、ビッ、とケイレンして達している。ドク、ドクッ……誘われるように発射数回。先端が熱っぽく白液が逆流した。こうした類の小姐には珍しく体を離そうとはせず、余韻に浸っていた。

「スッゴイヨ！」親指を立ててウインクする。そうだナ、チーっとばかり度が過ぎたか。まだ三日もあるというのに年甲斐もない。夜半二時。年男は五時間後のゴルフが心配になってきた。

予想に反してイイ女。四連チャンも悪くはない……と思っていた折もおり、ひょいっとトイレの前を通りかかると、ドアを開けっ放しにして便器に跨った鈴珍が、恥じらいもせずにジャー、ジャーとやっている異様な光景が眼に飛び込んできた。思わず顔を背けたが、鈴珍はニコリ、としてさらに放出を続ける。聞けば彼女の故郷では便所に扉がないのだという。だが……そうはいっても自分が興奮に打ち震えながら入れる神聖な秘所が排液を吐き出す様を目の当たりにすれば、ぞぉーッ、とせざるを得ない。泣いて連チャンを哀願するのを振り切ってサヨウナラ。この小姐、ただの小便だけで総額四、〇〇〇人民弊（五万円）を棒に振った。日本人は優しくて金離れがよくていい客だが、マナーにうるさいのでプレッシャーがあると最初に言っていたが、鈴珍にとってまさしくそれが災いした。なぜ断られたのか……本人はいまだに理解できないに相違ない。

ゴルフ、初日舞台は湖泊ゴルフ場。日本でいうならパブリックコースみたいなBクラスだ。距離も五、三〇〇ヤードと短く、ビューもグリーンメンテナンスもよくない。救いは十八歳から二十歳の娘のキャディ、愛想がよくキビキビと対応するから気持ちがいい。

気分は爽快だが、体調がもうひとつ。ドライバーを一振り二振り、あまり飛びそうにない。今日は無理せず素振り感覚で通そう、と心に決めて1番ティーに立つ。大幅に左にフケて、二〇〇ヤードの深いラフ。深い崖越えを7番アイアンで狙ったがOB。アプローチも決まらず、あえなく6打。続くショート一五〇ヤード。肩が回らず腰が流れてコスリ球。エッジから行ったり来たりでボギー……そんな具合で終始苦戦。「まぁ、きみは余分な仕事があるからそんなもんやろ」

慰めとも軽蔑ともとれる同情を受けながら、それでもINに入って調子づき、38でトータル81。

夕べの激務を思えば上々の出来。明日に賭けるとしよう。昼二時にホールアウト。息つく暇もない。19番ホールのスタートだ。

国際親善はできるだけ多くの人と交流することから始まる。生を受けて初めての大陸。顔知らぬ親父の没した国土。何からでも吸収したい意欲がメラメラ。一刻たりとも時間を無駄にはできぬ。

そう！　無駄にはできないから一階のフロアーへ。今夜のお見合いは十時。それまでに済ませておきたいことがある。

その道の狩人はどこにいても、それが仮りに初めての外国でも好きな臭いは自ずと嗅ぎ分けられる。それはもう、メスの発情臭を千里先から嗅ぎつけるワンちゃんさながら。到着時に立ち寄った一階のコーヒールーム。プンプン臭う。

ショートで800人民弊。夜のがメイン料理なら、こちらはほんのデザート。国交正常化に怠慢は許されぬ。就任間際の小泉総理になりかわり、勇躍外交開始。客はまばら。カウンターにそれらしき肉体親善団が六人。ほど近い席に陣取ると、即、支配人らしきのがやってきて、下の飲みモノも同時に注文をとる。効率がいい。六体をバックから観察すれば、全部まとめてドーン、片っ端からヤリたいが時間がない。やおらカウンターへ乗り込む。ブスが二人に、嫌いなタイプが一人。大柄で太ったのと、細身で背の高いのに絞った。後者なら一〇人中九人の男性が指名するに違いない。服装も化粧も群を抜いている。指名すると表情一つ変えずに従った。台湾でいう外省人の娘タイプ。高慢で気位が高そう。

エレベーターに乗って自分への第一印象を聞くと、フゥン、だと。部屋に入るなりシャワーを使い、ベッドにもぐり込んで、お前も急げといわんばかり。悪い予感がした。添い寝して手を出すと払いのけて、上に来い、という。寝た子をひっさげ上に乗って何するの？

年男は諦めた。背を向けて煙草に火を付けると、女はガバッ、と跳ね起きて着衣にかかる。身支度が終わると手を出した。外交料をちょうだい、って。払うのは当然だが気前よく払うには抵抗がある。あなたはナニをしたの？　入れて出してなんぼでしょ？　支配人に電話しようか？　中国一二億人中、最低の女だって……。彼女が考え込んだ。元締めは鬼より恐い。「私だってこのまま帰りたくない。でも、貴男も悪い。会ってすぐ、今日何人目だ？、って言ったでしょ」あぁ、そうか、何気なく聞いたのがまずかったか。たかが商売女、とのんでかかったのがシャクにさわったらしい。中国人は場合によって得よりプライドを取る……と聞く。いまだ商売人になり切れていないこともあるが、一理はある。

ゴメン、を繰り返し、チップ含めて一、〇〇〇元差し出すと、もう一度衣服に手をかけた。今度は顔も表情も変に穏やかになり、立ったまんま素ッ裸に。一七〇センチの長身、シミ一つない美肌がまぶしい。腿が締まって異常に長い肢……小ぶりながら天向きのバスト……自分の倍もありそうな伸び切った肢を一杯張らせたら、さぞ景観であろう！　生の女体というよりマネキン人形を思わせる。異常なほどの欲情が堰を切った――。

首筋が痛むほど充血した如意棒をさらけ出して近づくと、マネキン人形は卑猥な笑みを浮かべてさすりにかかる。乳首に口を、手は股間……凄いじゃないか！　あっ、というほどの迎え水。惜しげもなく期待の大股を張った……付け根が遠い。あてがうと女はキッ先を二度三度、上下になぞっておいて引き入れ、グ、グッ、と肉壁を割る感触を味わうとすぐさま腰を躍動させる。一気にイク構えだ。顔の下に二つのバスト。引きつった悶え顔ははるか上の位置。へそ下三寸が相場だが、この女、五寸はあろう。はるか下方に盛りマンが息づく。異常……そう、かつて経験のないノミの夫婦さながらの違和感が……ヤッてる！

犯してる！　そんな優越感が発射を促す。オ、オッ……わずか数秒で果てた。指名したらまた来るか？　と聞くとイイヨ！　今度はもう少しガンバって、だと。チィーとばかり物足りなかったらしい。凄い女だが、大柄な女は卑屈になって優越感に浸れない。

夜九時からガイドに連れられて夕べとは別のクラブへ。こちらは世界ホテルの五階。一見して高級感があり居並ぶ小姐のレベルも高い。年男ら客三人にすり寄った小姐が約四〇人。どれもこれも非の打ちどころがない。みんなまとめてヤレたら死んでもいい。鉛筆転がす気分でやっと一人選んだ。いいのかよっ！　一・九歳の長女の存在は今いずこ？　それはそれ、これはこれ、父ちゃん、ただいま、お前のために生命の洗濯なの！　年男は心の中で手を合わす。サーテと……この女との秘め事、アッ！　という結末に——。

名は怜悧。四川郊外生まれの二十歳。少し太めで小さな顔に大きな瞳。小ぶりの乳頭はキレイなピンク……そう！　笑った歯茎がピンクなら、必然アソコも同色ピンク……これ骨相学の常識。

下着に手をかけると枕元の電灯を消そうとする。その手を遮って引き下ろすと……無い！いや、正確にいうと陰裂にうぶ毛がひと筋。両手で覆って、「ノー！　ダメッ！」を連発する。この若さにこの美体。真っ白な肌に無毛ときた。まるで子供のようなピンクの陰唇をかき広げ、心ゆくまで弄ばずしてなんとしよう。「毎日ここに来ていい？　それなら……」つまりは金の世界、五〇〇元を上乗せすることで観念した。おお！　この眺望……一万元でも安すぎる！

両手で顔を覆って恥じらうのを無視して、一八〇度回転させ股間を枕元に近づけた。角度を持たせてゆっくり、じっくり広げていく。薄めのピンクに米粒大のベル。内の唇はすでに充血して濃いピンク……大股を張らせると、シュ、シュルッ、と濁り水。それを中指になすって上下になぞると眼をつむり、眉間をひきつらせてもはや商売っ気抜きでアエギっ放し。あまりの媚態にこちらも我慢の限界が。サーて、ぼつぼつ放り込もうか——先っぽでなぞりにかかると、さすがプロ、ガバッと跳ね起きて、サックしてッ、と言う。

ない、と言うと、じゃぁヤレナイ、と強烈な拒否反応。サテ、困った。なおもあてがおうとすると、さッ、と立ち上がってシャワールームへ。持ってきたのが、ヒェーッ！　なーんとシャワーキャップ！　これ被せて、と言うではないか！　スキものを自負する年男なれども、アッ、とたまげて二の句が出ない。瞬時に子息は六時半。

不憫に思ったか、別室の朋友に電話。ところが意外、誰も準備なし。聞けば、彼女らが常時行くホテルはB級で、たいていは常備してあるらしく、このホテルのような五つ星の高級ホテルにはそれがない。やむなくボーイに頼んで買い求めることに。暇つぶしに乳を吸ってパールをイジくるうちに即座にアクメが襲った。達すること三回。なおも人指し指を差し込んでGスポットを擦ると……白目剥いて潮吹いた！　お見事、パイパンの感度は骨相学通り。

防具が届いたのが三十分後。ところが時すでに遅し、四回も気をやった女体にはもはや男を受け入れる余裕はなかった。突いても回してもビクともしない。ただおびただしい残り水だけがぴちゃつくのみ。結局不発に終わった。未練がましく大股張らせて、指でなぞるが明らかに茶ガラ状態。あれほど硬かった花芯がただの肉片に逆戻り……。割り切れん思いで部屋の外にいざなった。

彼女らがいうには、悪くすれば一カ月以上日照りが続くことも珍しくないという。だから四連チャンは福の神。のべつまくなしに突いてくれると金儲け以上に嬉しいんだと。単に金だけじゃない、ナマ身の女らしさを垣間見た思いで救われた。明日はちゃんとヤルから来てもいい？　と手を握った。抜き身でいいならいつでもおいで、と言った。

二十三時、彼女を送って一階へ。ビールを抜く間もなく、黒っぽい服を着た小姐が一人、眼ですがってきた。「何してるの？」と聞くと「我正在等您呀」……ねぇ、ヤッて、と言っているのだ。

金額を確かめると、なんと六〇〇元。一カ月客がないので出血サービスするんだと。世間話だけでも、と腕組んでロビーに出ると意外に背が低い。聞けば地元の百姓の娘で二十五歳。この身長でこの年にもなるとカラオケ店では勤まらず、仕方なく外国人が出入りするホテルで客を探すんだという。うぅーん、これはひょっとして拾いもんかも。

　ドアを開けるなり「女友達は帰ったの?」と聞く。隠してもだめらしい。同業の臭いには敏感なのだ。こうこうしかじか、事情を説明するとさっそくシャワーへ。意外にも手招きして全身を流し、ためらいもなくナニを口に含んだではないか! シャワーを出しっぱなしにして上手にしゃぶる。口の粘膜が心地いい。ベッドに移るとあわただしく上に跨り、怒張をワシ掴んで、自分のワレメ一杯に上下にしゃくる。ズルッ、と滑って、ピチャづく淫音……欲情の凄さが伝わってくる。手早く引き入れたので腰を突き上げたら、ヒ・イ・イッ! とわめいて思わず腰を引き、正常位をねだってきた。口が狭くて奥が浅い。身丈の半分をくわえて恥丘から斜め下に擦る体位をせがんでほんの一分で、イッた。それからというもの、イクわ、出るわ……。こんなの相手にしてたもんなら死体で帰る羽目になりかねぬ。結局年男はここでも未放出。

　さて、ゴルフ。この日は中山温泉球場。J・ニクラウス設計の期待の名門に血が騒ぐ。が、いかんせん恥骨は痛むし股関節もだるい。入念にストレッチして今日こそは！　いつになくファイトがみなぎる。

アドレスに入る。テークはトンボ――素振り感覚で――フォロー重視……行った！　みなさんの前方二〇ヤード、ど真ん中。

トンボとは、シャフトに止まったトンボが逃げないほどにゆっくり引く……という年男なりの意識。これがうまくいった日のドライバーは完全無欠なのだ。ニクラウスの設計の特徴はバンカーと池の配置、それにグリーンのアンジュレーションにあり、玄人向きで攻略性に富むコースが多い。が、調子がよけりゃ、ニクラウスも杉原も関係ない。おもしろいようにパーがとれた。ゴルフ前夜の残業は大敵だという。心、技、体……なるほど、体の方は絶不調でも、連日連夜の肉林プレーで気分は最高。心と技がよければ体は補える、と悟った。

「おいっ、白川、夕べは残業サボったんか？」とみなさんが不思議がるのでイエス、と答えておいた。連日連夜ではさすがにみっともないし、ゴルフをないがしろにしていると思われたくない。そう！　いかに女好きといえども紳士集団の手前、恥じらいも知らなきゃ……。

そうはいっても日中親善はとどまらない。ホテルへ帰って午後三時。初日からずーっと頭の片隅から離れないでいたあの白い服の小姐、喉から手が出るほど欲しくなった。

現地ガイドに手配を頼むと、名前も番号もわからないのでは難しい、という。背は一六〇センチくらい、あの夜は白いレースのロングドレスに赤い靴、宮沢りえをもっとキレイにしたような……盛りマン、カズノコ、三段締めのあの小姐……イイ加減にしなさい！　そんないい女いるわけないでしょッ！　と叱られた。

が、さすがはガイド。午後四時きっかりにその二十一歳の小姐廖麗を連れてきた。ドアを開けるとまた会えて嬉しい、と言った。イイ男というものは一目見ただけで脳裏に深く刻み込まれるものらしい。……いやぁ、まぁ日本人客は少ないし、ジャケット着てカラオケ行くのは年男らの同輩くらいなもの、すぐ目につくであろう。今日の廖麗、カラオケで会ったときの華やかさはなく、妙に元気がない。部屋に入るとハンドバッグを抱えたまま両脚をそろえてソファに座り、身じろぎ一つしない。紅茶は？　コーラは？……何を聞いても頭を横に振る。シャワーは？　と聞くとすくっ、と立ち上がって風呂場に消えた。どこか雰囲気があり、愁いが漂う。あまりの新鮮さに早くも健棒がズボンを突き上げる……？

わしゃ、異常体質か！　我ながら呆れ果てる年男。だが、まぁそれが目的で珠海くんだりまで来たんじゃないかと右側の脳が勇気づける。

長い、ながーいシャワーが終わり出てきた廖麗はまたドレスを着ている。裾をめくるとちゃんと下着も。ベッドの毛布をめくってやってこちらもシャワーへ。出てみるとさすが商売人、ちゃっかりベッドにもぐり込んで頭から毛布をかぶっていた。少年のごとく胸が高鳴る。サーテ、まだ馴らし運転も十分でなさそうな廖麗。耐えられるかナ……？　このオジさん見かけに寄らず激しいんだから——年男は高鳴る胸を押さえて煙草を一服。さて、どこから料理すべぇか。

足元からそぉっと毛布をめくると首から下は丸見え。ビーナスの石膏から取り出したような無垢な裸体は恥じらいもせず固まっている。ちょっと変だナ？　客に逆らうな、とボスに教えられているにせよ、無表情すぎる。

コリッ、とした胸を吸い、石鹸の香しい上半身を舐めまくる……ウンともスンとも反応しない。あぁ、そうか、アソコへのタッチを待ってるんだナ。年男は腿を割って、やおら筋目に指を這わせる……廖麗チャン、どうしたの！　渇水した小川さながら全く水気がない。不思議だなぁ——カラカラをこすっても嫌がりもせず、身動きもしない……。

やがて……寝息が漏れた。信じがたいことだが、廖麗は熟睡していた！　それにしても器用だ。わずか五分の間に寝入るとは！　それなりの事情があるに違いない。毛布を掛けてやってベッドを降りる。ショートの時間が刻々と過ぎていく。

一時間が過ぎた。廖麗はまだ夜中の夢。起こそうか、それとも……？　今度は年男の方が眠くなった。ベッドの端っこで寝てしまった。

……いつの間にか、仮眠のはざまでエもいわれぬ快感が股間に走った。肉棒に心地よい静電気が……袋の裏にはヌメった舌が……。やがて、蜂蜜に浸した真綿で包み前後する。出るっ！　股間から全身の血潮が炸裂するよう——。

夢うつつの足元に廖麗がうごめいていた。不覚にも長い眠りから覚めたら金づるの相手が待ちぼうけを食らって眠り込んでいる。しまった！　我に返った廖麗はミスを取り戻そうと懸命だ。

いつの間に被せたかゴムサック。それを含んでしゃくり上げる。申し訳ないが快感はまるでない。それでも一心不乱に尽くしてくれる姿がいじらしくて何やら幸せ。お返しに股間をまさぐると……そうなのよ！　これでなくっちゃぁ！　もうベトベト。さきほどの枯渇の小川は淫汁の大河……たまらずブチ込んだ。息を止めて一気に五十数回突きまくると、重圧が苦しいのか、奥がつかえて痛いのか、逆の体位をせがむ。上になると馬乗りの形を取り、ぎこちない腰を使ってくる。いいか？……聞くと口を求めてきた。鈴珍みたいな本味はいまだ知らないがまんざらではないらしい。

いかんせんゴムが邪魔して吐くに吐けない。正常位に戻しざま手早く帽子を抜き取り、生でカマすと……熱い！　狭い！　柔らかい！　背を起こして隙間をつくり、廖麗の手を掴んで彼女自身の花芯へといざなうと手慣れたしぐさで中指を微妙に揺する……高潮が襲った。ウ、ゥ、ゥ……膣襞に粒起が現れ締め付けがきた。ズボッ、と身丈を抜いて頭を握らせると皮肌を突き通す勢いで樹液がほとばしった……防具のないことに気づいた廖麗は口をとんがらかして年男の眉間を指ではじいた。カワユイね。このまま帰すには忍びない。鈴珍、ヘソ下五寸、廖麗……あと二日、どれに情熱を傾けようか、思案に暮れる。ゴルフじゃないが、心・技・体、総合すればやはりこの廖麗。このまま他人には渡せない。

戦い終わって午後七時。メンバー一〇人で食事に出る時間が近づいた。こちらが身支度するかたわらで廖麗はまたうたた寝を始めた。どうする？　と聞くと「ここでずっと寝ていい？」と眼ですがる。彼女を残して九時まで会食して再び帰ってみると、化粧も鮮やかにドレスアップしている。帰るのか？　と聞くと、市内を案内するから一緒に出よう、と言う。
タクシーに乗って行った先が彼女のアパート。入ってみて驚いた！　四畳一間のアバラ屋にベッドが一つ。雑然とした部屋にはクーラーもなければテレビもない。聞けば三カ月前にこの地のホテルの課長をしている義姉を頼って四川省の田舎からやってきたという。家賃が一、〇〇〇人民幣で生活費を合計すると一カ月三、〇〇〇元以上かかり、収入は客の多い月で五、〇〇〇元。一、〇〇〇から一、五〇〇元を両親に仕送りして、残りを貯金している、と言って通帳を見せる。全くその通り、残高は三、〇〇〇元になっていた。昨日ここに引っ越したので疲れていてゴメンなさいという。なるほど、それで事情が読めた。大切にしまっていたアルバムを開き、好きな私を抜いて持って帰って……といじらしい。あまりの可愛さに粗末なベッドにもつれ込んでまた一つ。シャワーもないので後始末もそこそこ、はす向かいのコンビニで飲み物を買い求めホテルへ。

珠海で過ごすこと四日目。泣いても笑っても明日はお発ちか。ヤレヤレこれでやっと肉林の淵から抜け出せる……なーんていいながらもうひと勝負。ゴルフが終わってホテルに帰ったのが午後二時。さっそく年男のキョロキョロが始まった。

廖麗が来るのは七時。ベッドに横たわるとどっと睡魔が襲う。――電話のベルで起こされた。取れば廖麗。今から行ってもいいか？　と言う。うぅーん、それもいいが年男には一度試してみたいことがあった。続けざまに三人ほど手を替え品を替え犯す、というやつ。選択できる小姐の数は無限に近い。財布のポケットに忍ばせたバイアグラ一粒、ビールでゴクリ。淫らな欲望のスタートだ。フロアマネージャーに二〇〇元握らせて手はずを整える。一時間半おきに小姐を送り込んでネ、と。特別に注文はつけないで来たところをバッタリ襲いかかる、という趣向。

第一打

巧花二十一歳。細めで背は一六五センチ。木の実ナナを連想させる華やかな立ち居振る舞いだ。昆明の田舎からやってきて一年目だと言った。

シャワーに入ると自分でも潔癖性だと言う通り、シャンプーをたっぷりなすって丸洗い。袋の皮を引き伸ばして包皮をめくり、恥毛を一本ずつ丁寧に洗浄する。ベッドに戻るとバスタオルをハラリ、と外してポーズをとる。相当の自信だ。胸の隆起は小ぶりだが雪女もかくまでは！　と思えるほど肌が抜けるように白くてキメが細かい。

が、眼を下に転じると腿の大きな隙間が気に入らぬ。背後から見ると股間から恥毛が覗く。松嶋菜々子タイプは味がもう一つ。

それに参ったナ、この恥毛。カエルが二匹、雨宿りできるほどの濃密ラフ……どうも食欲が湧かない。しばらくは世間話。客層を聞くと日本人はこの日が初めて。先月白人さんの相手をしたが連続三十分もフェラチオをやらされて顎が外れた、という。サイズはどうか？　と聞くとあなたのとほぼ同じサイズ、だと。なかなか客扱いがうまい。性感帯はディープキスだといい、長いぬめった舌を差してきた。年男の頬を挟んで吸ってはかき混ぜる。感極まったか顔をずらせて半ば立ちを含むや、ちぎれよとばかりにしゃくっては舐める。間髪を入れず長い肢を回転させ、濃密ラフを顔におっ被せてきた。鼻を支点に腰を使うからたまらない。ゴルフ焼けした皮肌がヒリヒリ。噴き出す樹液を指にとって床屋の整髪よろしく左右分け。

正常位に戻し、毛切れを意識して怒張の頭を大きくコネると快い粘着音……一気に差して息を詰め、ダ、ダ、ダッ……有無を言わせず四十秒——巧花の反応は鈍い。恥骨にブチ当たる激動が治まると両手を首に回して口を求め、舌が絡んで火がついた。さらに両の脚を高々と抱き上げてビ、ビリ、ビリッ、と震わせ波長の長い気をやった。

続けようとすると、もういい……と鞘を外して店じまい。真っ白い腹部を波立たせ呼吸が荒い。極限の絶頂感に打ちのめされた。ややあってバスタブで今度は年男が打ちのめされた。ローションをなすった中指は後門に、もう一方の手は玉を揉み揉み、ディープスロートを一分間……白い飛沫が巧花の漆黒の髪に滴った。濃い毛並みに濃密で一回きりのアクメ。それに商売抜きの濃厚な愛技……本気の絡みには迫真感が……年男は思った。松嶋菜々子タイプはどうの、骨相学ではこうの、と食せずして道聴塗説は今後自重しないといけない、と。

第二打

理沙二十三歳。凄いのが来た。マネージャーを呼びつけて客のつかないB級ばかり寄こすなと脅かすと、好みを言わないからだと反逆した。そこでこれでもか……と送り込んできたのが自称このホテルのステージダンサー。京劇のお姫様役を連想させる。体、容貌、身のこなし、非の打ち所がない。思わずゴクリ、と生唾が……。

この女——シュルッ、シュルッ、とブルーのドレスを脱ぐや毛布の端から優雅にベッドに。どう扱おうか……男の方が戸惑う。おじんふうの醜い己の肉体が恥ずかしく明かりを消そうとすると、消さないで！　と言う。すでに天向きのバイア棒をさらけ出して近づくと、オォッ、スゴイ！　と日本語。突っ立ってキレイな顔にかざすと、シラスのごとく真っ白い指でしごいては眺めて観賞する。瞬間、ズボッ、とくわえ込んで上目遣いに微笑みながらゆったり前後。美人の尺八顔……男冥利に尽きる。限りなく幸せ。舌をからめ、転がしては横くわえ。尿口を突っついては唇で首締める……そのうち彼女の右手が消えた。毛布をめくると逸品のロウ人形は大股を張り、右手で自身のパールを擦っていた。中指を小刻みに震わせてまずイッた。キテッ！……ねぇハヤク！　美形が狂った。

精嚢の在庫を気遣う男もついに理性を失ったか。アート写真もかくまでは！　実にキレイな……実に卑猥なオ○○にブチ立てる。グッ、グリッ、グリリ……膣壁がわななく。熱い！　そして、キツイ……理沙は緩やかに腰を使う。恥丘を圧着してコネる……ウ・ウ・ゥッ……口を求めて怒濤のごとく気をヤッた。ス・ッ・ゴ・イヨ！　親指立ててウインクするや上に乗っかってきた。直立してストーン、ストーンと上手に腰を揺すると感極まって、突っ伏しざま陰道を震わせて二回目のアクメ。このまま出そうか出すまいか……迷いあぐねて正常位。

「ネェ！　イッショ、イーィ？」腹は決まった。在庫？　あとX人斬り？……もういい。こんなイイので吐かなきゃどこで吐く。まずつなぎ目を視姦。肉色の大陰唇が盛り上がってはち切れんばかり。やっとのことでくわえ込んでいる。押すと真っ赤な小陰唇がまくれ込み、引くと秘肉がめくれ出す……恥丘を合わせジョリ、ジョリッ、コスり上げると、出来！　イ・ク・ヨッ！……美顔のめくれた唇を吸い、年男も思わず噴射した。

顔も体も上の上。表情もテクニックもすべて極上。悔しいけれど年男はついに中国ファンになってもうた。

夢芝居のごとき甘美な激戦が終わったのは午後六時半。もういい！　もう要らない……さすがに年男もただただ休息が欲しかった。ピーンポン……非情にも廖麗のおでましだ。作り笑いを浮かべて、待ってたよ！　と抱いてやる。

相手は満を持して息をはずませ、珍しく唇を求めて股間をまさぐってくる。コキーン、と硬いのを撫で撫でして、ウッフン、満足そう。年男自身このときほどバイア威力の素晴らしさを痛感したことはない。わずか二五ミリグラム——ノーベル賞三つやってもまだ足りぬ！　廖麗は何を思ったかシーツを剥いで床に敷き、自ら素っ裸になってシックスナインの体位をとった。恐ろしいほど膨張して硬いのを掴んで先っぽに口づけする。さすがに自分の秘貝を男の顔に被せることはせず「コウシテ　イイ?」断ってから密着してきた。ためらうはずだ、もう、まるで洪水。鼻といわず口といわず……イヤっ！　もぉぅ、凄いんだから！　まなじりを下げて生唾のむ年男。

今夜の廖麗は半狂乱。ナマをせがんで正気をかなぐりすて床を鳴らして身体ごとぶち当たってくる。何回イッたか、もう、わからんほど。というのも未だ熟女の本味を知らないから、めくるめく天国の寸前でただただ快感がエンエンと続くのだ。

昨日逢って間もなく、誕生日はいつ？　と聞くから、十一月十九日だと言うと目を丸くして、私と一緒！　神のご縁だ、と言って身分証を見せ感極まったことを思い出す。それからというもの、自分のすべてを――身体のすべてをサラけ出した。

ながーい一戦を交えて夜十二時。ルームサービスで軽食をとって、快いマッサージに身を委ねテレビを見ながら小半時。どちらからとはなしにまさぐり合ううち背後からズブリっ、とめり込ませたまま数分間。寝入ったのはどちらだったか定かではない。

遺憾ながら年男念願の一〇人斬りはここで幕。あと何人呼んでも来れだけの小姐は来ない。それは断言できた。

……が、果報な男がいたもんだ。連日連夜の激戦で薬の力を借りたのはわずかに今日だけ。とっくに還暦が過ぎてしかもショートでかくも華々しい対戦ができるなんて！　少なからず傷ついた歴戦のジュニアをいたわりながら年男は珠海最後の眠りを貪った。

最後の日の朝五時半。眼を覚ますと薄明かりの中で廖麗が甲斐甲斐しく年男の着衣をたたんでカバンにしまっている。その健気な後ろ姿を見ていると思わず胸が熱くなった。単なる行きずりの女になかなかできることではない。

それにもう一つ。マカオ空港に着いてカバンを開けるとホテルの便せんの裏表にびっしり、年男、年男のオンパレード。これにはおったまげた。昨夜はほとんど眠らないで、ただただ愛おしい人の寝顔を窺いながらその名を書きつづったのだろう。毎月二十四日出会えた記念日には必ずお電話します、との添え書きも……。

罪なことしたもんだ。チィーとばかり、いいところばかり見せすぎたか……。そういえば夕べ、三回の交わりで突かれてイッて失神寸前の陶酔の狭間で、もう放したくない！と叫んで眼を潤ませた。そうさ、なぁ、八〇〇人斬りの猛者に翻弄されれば田舎出の小娘なぞ、ひとたまりもなく調教されて忘れ得ぬ人となってしまうのも無理はない……忘れ得ぬのは過分に渡した大金の方ではない、と言い切る自信もまた、ない！

うぬぼれ屋の年男にだって後者であるくらいのことはわかっていた。それでも年男にはこうした場面でさえも、あえて金銭抜きで相手に愛をからませ、独りよがりの夢を描いて生きてきたという軌跡がある。

これまで対した小姐のほとんどが愛液を惜しげもなくまき散らし、快感に打ち震えたのは、まず思いやる心、加えて磨き上げられた技、さらに巨砲を含めた体であると思い込んでいる。気前よくバラまく大金だとは考えたくないのである。金がからみ性愛目的の一時の愛はゲームだから、成果の良否は授受される金額の多少に比例するのはやむを得ない。それでも見知らぬ者同士が互いに秘所を晒して血を通わせる——いわば究極の儀式を執り行うのだから、単に金だけがすべてというものではない。儀式の相手には誠をもって接し、愛を高め、下僕になり切って尽くすことこそ肝要なのだ。一視同仁、相手を見くびってはいけない。享楽に分けへだてはなく快楽に上下などあるわけがない。

余談ではあるが、だらだらと恋愛をして結ばれて後こんな相手ではなかったはずだ、とホゾを噛むカップルは多い。半面ひと眼ですべてが読める相手に巡り会える例だって少なくはない。得てして前者は共同生活という煩事が愛を分け、後者はその煩事がないことで愛を深めるようだ。だから共同生活が営めない愛は虚構であることが多い。

そのときばったり、金のやりとりで結ぶ一時の愛。買い食い一本に絞った年男の場合、煩雑な共同生活に陥ることに恐れをなし、生活抜きの虚像の恋人に巡り会えることに賭けているフシがある。それはたぶん過去に受けた深手に起因しているのだろうが、つまるところ往生際の悪さが授けた知恵なのかもしれない。

この廖麗とて大金に惚れての未練であったにせよ、年男のいう虚構の恋人役を完璧に演じ切った実に見事な役者であったことに間違いはない。

近年、この珠海や隣の東莞地区で社会問題化している夫の現地妻対策として、台湾の本妻たちが「大老婆倶楽部」なるものを結成した。中国に進出している台湾企業は三万社以上といわれるが、ここで働く男盛りの亭主が若くてキレイで安い中国小姐たちに籠絡されて同棲生活にのめり込んでしまうらしい。一カ月のお手当がわずか五万円で夜な夜なピチピチが抱けるのだから古女房たるもの、いくら背伸びしたところで勝負は明らか。会社の寄宿舎の回りには二十歳前後の禁断の女花が二十四時間態勢でタムロして「ねェ、ヤッテ

「……」と媚態を振りまく。いいのを再三指名するうち、いっそのこと囲う方がコストダウンになることに気づく。やがてのめり込んで腹が膨れて金が湯水のごとし、にっちもさっちも行かなくなって挙げ句の果てが家庭騒動……。

　そこで例の本妻クラブは亭主の生命線カットの挙に出た。半ば強制的にパイプカットさせるのである。台湾では最近四十歳から五十歳代の男性の手術が急増し、この六年間で一五倍に達しているという。そのほとんどが自分の意志ではなくて中国赴任の条件として配偶者に強制されての処置であるらしい。それほどまでに昨今の中国は男天国なのだ。

　いい年して女を買うなんて！——年男に対する野次馬評だ。燃え尽きる寸前の悪あがき、数をこなさんがため何やら悲壮感が漂っている……とも言う。当の本人は刹那の愛は活性剤だといい、女体を極めるのは立派な哲学だ、と胸を張る。だが、どうカッコつけたところで所詮は享楽主義の独りよがり。いい年こいて人より少し色気が過ぎて、わずかばかり気が多い……それをのぞけば人畜無害のいい男。世の女性は打ちそろってこう許す。

　生涯女は妻一人。この観念は正しい。その生活を維持せんがための生理現象の処理は許容範囲なのである。

著者プロフィール
黒澤 敏（くろさわ さとし）

1937（昭和12）年11月19日、徳島県生まれ。

政治団体勤務を振り出しに、ローカル新聞社・徳島毎日の記者・編集を経て、地方公務員4年、ケミカル会社勤務6年で倒産。東京の商社で2年、その後、東京の化学原料会社の四国支店長7年。同社の台湾現地法人創立のため、1986年に渡台して16年目を迎える。

台湾でサークル機関紙を主宰。編集と執筆を担当。

女、ベスト18ホール

2002年2月15日　初版第1刷発行

著　者　黒澤 敏
発行者　瓜谷 綱延
発行所　株式会社 文芸社
〒112-0004　東京都文京区後楽2-23-12
電話　03-3814-1177（代表）
03-3814-2455（営業）
振替　00190-8-728265

印刷所　株式会社 平河工業社

ISBN4-8355-3312-7 C0093